유다의 재판

— 가리옷 유다의 시복(諡福) 재판에 관한 보고서 —

유다의 재판

— 가리옷 유다의 시복(諡福) 재판에 관한 보고서 —

발터 옌스 지음
박상화 옮김

아침

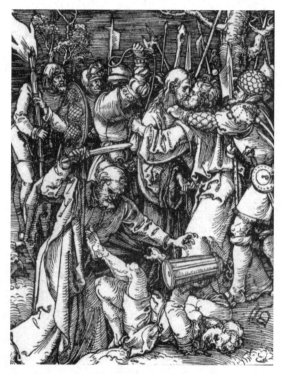

표지그림 : 알브레히트 뒤러(Albrecht Dürer, 1471~1528, 독일 르네상스 회화의 완성자)의 연작 판화 작품『예수의 수난』 중 예수가 붙잡히는 장면(1511년 작). 주위의 제자들이 로마 병사들에게 저항하는 중에 예수와 유다의 포옹이 두드러져 보인다.(본문 99쪽)

시복(諡福)·시성(諡聖)에 관하여

가톨릭에서는 성인을 공경한다. 이는 초대교회 때부터 순교자를 공경한 데서 시작되어 내려온 그리스도교 신앙의 한 부분이다.

박해 시대에 그리스도의 이름으로 순교한다는 것은 최대의 영광이었다. 따라서 계속되는 박해 속에서도 그들을 공경하며 본받으려 노력하였고, 그들의 전구(轉求 : 나를 대신하여 다른 사람이 은혜를 구함)를 청하였다.

성인에게 전구를 청하는 것은 성인과 결합되어 교류하고 있다는 것을 의미하기도 한다. 성인들은 지상의 사람들을 위하여 그리스도에게 전구하며, 또한 자신의 공로와 기도를 통해 그리스도의 중개에 참여한다. 이것은 기도하는 당사자뿐만 아니라, 교회 전체에 속한 모든 이들에게 공(功)이 주어진다는 의미로 통공(通功)이라고 한다.

가톨릭의 성인(聖人, Santus, Saint / 聖女, Santa)은 일반적인 의미의 성인과는 달리, 교회가 모든 신자들의 귀감과 존경의 대상으로 삼기 위해 시복 또는 시성 절차를 통해 특별히 인정한 사람을 말한다.

시복(諡福)·시성(諡聖)이란 성덕이 높은 사람이 죽었을 때나 신앙심 깊은 사람이 순교한 경우에, 온 교회가 그들에게 공적인 공경을 바칠 수 있도록 복자나 성인의 품위에 올리는 예식으로서, 교황의 결정과 선포로 이루어진다.

시복 후보자를 '하느님의 종'(Servus Dei) 또는 '가경자' (可敬者, Venerabilis)라 부르고, 시복된 복자의 이름을 성인의 명부에 올리고 선포하면 성인이 된다. 목격 증인이 있는 경우와 없는 경우 등 여러 가지 특별 규정이 있지만, 일반적인 절차는 다음과 같다.

먼저 모범적인 그리스도인으로 살았던 사람이 죽은 후, 그에 대한 명성이 높아지고 사람들 사이에서 그에게 전구 하면 특별한 은혜를 입을 수 있을 것이라는 믿음이 커지는 일이 있다면, 지역 주교는 이러한 내용들이 타당하다고 여 겨질 때 절차를 밟기 시작한다.

임종지의 교구장이나 연고지의 교구장이 시복준비 조사 위원회를 결성하여 교황청에 시복 조사를 건의하기 위한 자료를 조사한다. 고인의 언행과 저서, 기적 사례 등을 조 사하여 그 결과가 긍정적이면, 지역 주교는 이제까지의 진 행과정과 후보자의 생애와 중요한 자료 등을 적어 시성성 (諡聖省)에 보고한 후 자문을 구한다.

계속해도 좋다는 판정('장애 없음')을 받으면 지역 주교 는 본격적인 증인과 자료를 수집하고 평가하며 기적에 대 한 조사도 병행한다.

모든 조사가 완료되면 사본 2부를 작성하여 신학자들의 검열을 거친 뒤 이를 시성성에 보고한다.

문서를 접수한 시성성은 우선 주교의 조사가 합법적이며 유효한지를 심사한 뒤 긍정적이라면 보고관에게 본격적인 조사를 명한다.

보고관은 필요하다면 전문가들로 구성된 자문위원들의

도움을 받으며, 조사가 끝나면, 조서에 서명한 후 신학자 문위원회에 보낸다.

여기서도 모든 조사가 긍정적으로 나오면 그 결과를 추기경과 관계 주교회의에 이관한다.

이 회의의 판결이 교황에게 제출되고 교황은 이제까지의 모든 조사를 인정하는 칙서를 발표한다.

이 칙서 후에 기적에 대한 심사를 하게 된다. 기적은 하느님께서 복자나 성인이 될 사람을 인정하신다는 명백한 증거이며, 그가 하늘 나라에 있다는 확실한 증거가 된다고 보기 때문이다.

이 기적 심사는 매우 엄격하고 까다로운데, 그 기적이 하느님께서 행하신 것인지, 시복 시성 후보자의 전구로 일어난 것인지를 가려내는 것이 중요하기 때문이다. 기적 심사에는 신학적·법적·역사적 측면의 조사뿐 아니라, 의학적·과학적 조사도 뒤따른다. 나아가 반대자의 의견도 청취하게 된다. 일반적으로 시복을 위해서는 두 가지 이상의 기적이 인정되어야 하지만, 교황은 그중 한 가지를 관면할 수 있으며, 순교자의 경우에는 모두 관면되기도 한다.

이렇게 성덕이 확인되고 기적도 후보자에 의한 것이 확실하다는 것이 여러 가지 조사와 재판을 통해 확인되고 결과가 긍정적이라면 교회는 그를 복자(福者)로 선언한다.

교황은 고문단과 고위 성직자, 추기경들의 의견을 청취한 다음, 그것이 합당하다고 여기면, 교령을 작성하도록 하고 시복 날짜를 택한다. 시복식은 교황이 시복 후보자에게 복자의 칭호를 올리며, 공적 공경을 허락하는 교서를 선포한다. 이것을 시복이라고 한다. 복자는 그 공경 장소가 해당 지방이나 단체로 한정된다.

　시성은 복자에 한해서 이뤄진다. 복자로 선포된 후 그 복자의 전구로 새로운 기적이 일어났다는 소식들이 접수되면 시성을 위한 새로운 절차가 시작된다.

　성덕이나 순교에 대한 조사는 시복 때 이미 이루어졌으므로, 이제는 기적 심사만 하게 된다. 이때도 두 가지 이상의 기적이 인정되어야 하는데, 수많은 토의와 심사를 거쳐 하느님께서 그 복자의 전구를 통하여 기적을 행하셨다는 것이 증명되면, 교황은 추기경들과 관계 주교들의 회의를 거쳐 최종적으로 시성을 결정하게 된다. 관례에 따라 시성식은 로마에서 거행되며, 장엄하게 치러진다.

　이렇게 시성된 성인은 미사경본이나 성무일도에 기도문이 수록되고 전례력에 축일이 삽입되며, 유해도 공경 받게 된다. 성인들의 축일은 대개 사망일로 정해지는데, 세례를 받는 이들이 이 성인의 이름을 따르면 이날이 영명축일이 된다.

　* 한국의 경우 1857년에 프랑스 선교사들의 활동으로 82명의 가경자가 탄생했으며, 그중 79명이 1925년에 시복되었고, 1866년의 병인박해 순교자 중 24명이 1968년에 시복되었다. 103명의 복자들은 1984년 한국 천주교 설립 200주년을 맞아, 1984년 5월 6일 교황 요한 바오로 2세가 한국을 방문함으로써 성인으로 시성되었다. 한국 103위 성인들은 모두 순교자였으므로 기적 심사가 면제된 바 있다.

프롤로그

에토레 P. ① - 프롤로그

1960년 8월 28일, 독일 출신 프란치스코 수도회 신부 베르톨트 B는 예루살렘 교구의 대주교에게, 죽을 때까지 예수 그리스도를 충실하게 따랐던 가리옷 출신의 순교자 유다를 복자(福者)로 추대하기 위한 공식적인 시복(諡福) 심의를 청구하였다.

1960년 늦가을, 교회법전에 따라 주교회의에서 이 사건을 맡아 심의에 착수함으로써 유다 시복 재판이 시작되었다.

대주교는 우선 베르톨트 신부를 공식적인 시복심의 청원인으로 인정하고 재판정에서 자신의 입장을 진술하도록 지시하였다.

대주교는 또한 예루살렘에 거주하고 있는 일군의 신학자들로 전문위원회를 구성하였다.

　아울러 그는 아우구스티누스 수도원 원장인 M 신부를 신앙검찰관*으로 위촉하였다. 이 수도원장은 총명함과 더불어 경건한 열정으로 유명한 사람이었다. 그는 대주교와 다른 두 명(일반 신부 한 명과 수도사 한 명)을 포함한 삼인의 재판관으로 구성된 법정에서, 유다에게 불리하게 작용할 사항들은 무엇이든지 언급할 임무를 부여받았다.

　1962년 성목요일*, 그 동안 도미니크 수도원의 회의실에서 열렸던 이 재판은 상세한 증인 심문과 철저한 신학적 토론을 거친 후 마침내 종결되었다.

　그리고 바로 그 직후인 5월 초, 봉인된 소송 기록이 예루살렘에서 로마로 보내졌다. 그것은 수 천 페이지가 넘는 서류로서 재판과정을 요구된 대로 명확하게 재구성한 것이었다. 여기에는 심지어 유다가 초기 기독교 시절 (소위 형제를 죽인 자의 후예이며 유다의 복음서를 성서로 사용한) 카인종파라고 불리던 한 이단 종파의 숭배를 받았다는 것까지도 기록되어 있었다.

그리고 이 서류 꾸러미는 재판장인 대주교가 밝힌 다음과 같은 요지의 소견서도 포함하고 있었다. 이 소견서에서 대주교는 또한 교황청의 요구대로 자신이 교회법 조항(1999~2141조)에 의거하여 재판을 적절하게 진행했으며, 진술의 진실성을 엄숙하게 선서할 수 있었다고 말했다.

첫째, 광범위하고 책임 있는 후속 연구를 했음에도, 이 재판은 가리옷 유다의 저술을 찾지 못했다. 카인종파의 교도들이 사용했던 복음서는 잃어버린 것으로 여겨진다.

둘째, 유다의 배신이라는 말을 바로 십자가의 승리라는 개념과 동일시하는, "형제를 죽인 자의 후예"의 입장을 정당화한 것을 제외하고는 유다에 대한 공공연한 숭배에 관해서는 알려진 것이 없다.

셋째, 심의 청원자인 베르톨트 신부가 *복자이신 순교자*라고 불렀던 가리옷 유다가 죽은 교구, 예루살렘의 대주교가 주재한 이 예비심사 재판은, 교황청의 예부성성*이 사도재판*을 열 것을 요구하자는 판결문을 전원 일치로 통과시켰다.

　신앙검찰관은 이러한 결정에 이의를 제기하였다. 그는 자신이 주도한 비밀투표의 결과를 담은 편지를, 날카로운 주장을 담은 추신과 함께 로마의 신학자문위원회에 보낼 생각을 갖고 있다고 했다. 그는 전체 재판의 무효를 선언하는 것이 자신의 입장에서 해야 할 일이라고 말했다.

　그 문서들이 로마에 도착하고, 심의 청원인인 베르톨트 형제가 이 거룩한 도시에 거처를 구하고 난 직후(그는 자신의 상급자로부터 사도재판 때까지 휴가를 받아 놓고 있었다), 교황청 예부성성의 기록 담당관은 추기경 대리인의 입회 하에 먼저 봉인이 손상되지 않은 것을 확인한 다음 문서를 개봉하였으며, 이 문서들을 사무장에게 주어 사본을 만들도록 하였다.

　한 달이 지난 후 교회법 박사이자 신학 석사인 나 에토레 P는 예부성성의 전권대리인 자격으로, 예심 재판의 문서들을 추려서 발췌록을 만드는 공식적인 임무를 부여받게 되었다. 이 발췌록은 교황 성하께 임명받은 담당 추기경이, 예부성성의 총회에서 추기경들과 상급 법정의 신앙검찰관들 및 고위 성직자들에게, 유다의 시복심의를 위해 사도재판을 개최하자고 권유할 것인지 말 것인지 판단하는 데 도움이 되도록 하기 위한 것이었다. 이러한 목적을 위해 나는 먼저 베르톨트 신부가 1960년 8월에 주교회의에 제출한 청원서의 요점을 정리하기 시작했다.

내가 보고관 추기경 예하께 요약해서 드린 그 청원서의 내용은 다음과 같다.

시복 청원

베르톨트 B. - 청원서

하느님께 영광이 있기를 빕니다! 프란치스코 수도회 신부인 저 베르톨트 B는, 시몬의 아들이었으며 오늘날까지 사람들 입에 *시카리**로 회자되는 가리옷 유다를 복자의 반열에 올리도록 청원하는 바입니다. 저는 교황 성하께서, 이 유다가 천상의 영광 안에 들어갔으며 공적으로 존경받을 만한 인물이라는 것을 알려 주시길 기원합니다. 사람의 아들 예수님에 관한 율법과 예언서의 기록이 실현된 것은 유다 때문이었으며, 다른 사람을 통해서 이루어진다는 것은 결코 생각할 수도 없었기 때문입니다. 그가 우리 주 예수님을 율법학자와 대사제들에게 넘겨주기를 거부했더라면, 다시 말하자면, 그리스도께서 그에게 자비로운 마음으로 그 일을 끝내달라고 간청하셨을 때 그가 *싫습니다, 전 그것을 지금은 물론 영원히 하지 않겠습니다* 하며 거절했더라면, 그리고 그가 자기의 운명을 거부하고, 우리 모두를 구원하기 위해 해야만 했던 그 행동을 하지 않았더라면, 그는 하느님을 배반한 배신자가 되었을 것입니다. 유다 없이는 십자가도 없고, 십자가 없이는 구원의 계획도 실현될 수 없었습니다. 유다가 없었더라면 교회도 없었을 것이며, 팔아넘긴 이가 없었더라면 팔아넘기는 일도 없었을 것입니다. 혁명가인 유다가 예수님의 생명을 구해 주었더라면 우리 모두에게는 죽음을 가져다 준 꼴이 되었을 것입니다. 그러나 유다는 거역하지 않았습니다. 말하자면 그는 구약의 예언이 성취될 지 않을 지가 자신에게 ─ 오직 자신에게! ─ 달려 있다는 것을 알고 있었던 것입니다. 예수께서 *네가 하고자 하는 일을 어서 행하여라!* 말씀하셨을 때, 작은 움직임이었을지라도 고개를 끄떡이는 대신 머리를 흔들었더라면 하느님의 계획은 수포로 돌아갔을 것입니다. 구약의 예언은 조롱거리가 되었을 것입니다! "나는 몸 앞으로 달려나가는 그림자이니, 장차 올 것을 가리킨다" 말한 다윗의 예언은 문학적인 표현일 뿐 그 이상은 아니었을 것입니다. 시편 22편에서 "나의 기력이 깨진 옹기 조각처럼 말라 버렸고, 혀는 입천장에 달라붙어 있으니 죽음의 먼지가 나를 덮어 버렸습니다" 한 말은, 유다가 넘겨주길 거부했더라면, 십자가에 못 박히지 않고 오히려 십자가나 만들면서 그저 그렇게 먹고살았을 나사렛의 나이 많은 한 목수에 대한, 그리고 자기가 젊었을 때 한 이야기에 대해서 이미 사과하고 자기 또래들 사이에서 겨우 인정을 받으면서 살았을 한 남자에 대한 음산한 증언에 불과했을 것입니다.

유다에게 고마운 마음을 전합니다! 그는 꼭 해야 할 일을 한 것입니다. 그는 하느님께서 원하시는 바를 행하고자 했습니다. 누군가 한 사람은 그 일을 *해야만 했으며*, 그 한 사람이 유다였던 것입니다. 그는 예수를 넘겨주기 위해서는 한 사람이 필요하다는 것을 알고 있었습니다. 하느님이 아니라 한 인간이 절대적으로 필요했던 것입니다! 그 한 사람은, 어떠한 계획도 두려움 없이 해내는, 심지어 하느님에 대한 암살까지도 서슴없이

해낼 수 있는 사람들이 어떤 지경에까지 도달할 수 있는지를 확실하게 보여주기 위해 기꺼이 자객이 — 살인 공범자나 배신자라도 — 되고자 했던 그런 사람이었습니다.

그것을 보여주는 일이 유다의 임무였습니다. 그는 그 일을 완수함으로써 하느님의 계획을 성취한 자가 된 것인데, 더구나 그것은 자의에 의한 것이었습니다. 유다는 자기 의지로 그렇게 했던 것입니다. 이 한 사람은 경건한 신앙심 때문에 징기스칸이나 아이히만*과도 같은 살아 있는 사탄의 역할을 맡았습니다. 아담의 타락 이후로 우리 모든 인간에게 구원이 필요하다는 증거를 보여주기 위해서는 누군가가 자발적으로 나서서 이런 식의 *부정적인* 역할의 연기를 해야만 했습니다. 가리옷 유다를, 그리스도를 위해 죽은 순교자의 대열에 넣으려고 하는 저의 청원은 이러한 사실에 근거를 두고 있습니다.

그렇습니다. 그는 악마가 아니었습니다. 그의 배신은 하느님의 명령에 따라 이루어졌습니다. 태양과 낮과 빛의 역할을 하려는 예수를 위해 유다는 그늘과 어두움과 밤이 되어야 했습니다. 그는 삶을 죽음의 왕국에서 빛의 세계로 안내해 주었고, 지옥에서 하늘의 청명함을 보여 주었습니다. 그는 사탄으로서 하느님을 위한 증언을 한 것입니다.

이제 제가 감히 질문을 드리겠습니다. 이보다 더 영웅적으로 자기를 희생한 행위를, 즉 이보다 더 훌륭한 순교를 생각할 수 있겠습니까? 유다가 어떤 취급을 받았습니까! 예수님을 팔고 받은 피 묻은 돈을 돌려주려 했다가 동포들로부터 멸시를 당했습니다. 좋습니다. 이 정도의 일은 참을 수도 있습니다. 유다를 공격하는 사도 요한의 태도 — 자신은 스승으로부터 사랑받고 있다고 생각하며 동료를 경멸했던 수제자의 교만이 바로 그런 것이었습니다 — 를 따르는 자들의 오만함도 참을 수 있습니다. 그런데 예수님께서 몸소 유다를 원망하셨다는 겁니다! "너희들 중의 한 명은 악마이다." "나는 내가 누구를 선택했는지 알고 있다. *내 빵을 먹는 자가 나를 뒷발로 찰 것이다* 하는 성서의 말씀이 이루어지는 날이 올 것이다." 그리고 드디어는 다음과 같은 가장 경악스러운 말씀을 하셨습니다. "사람의 아들은 *성서*

에 그가 죽는다고 기록되어 있기 때문에 죽어야 한다.
그러나 사람의 아들을 넘겨줄 그 사람은 화를 입을 것
이다. 그는 차라리 세상에 태어나지 않았더라면 더 좋
을 뻔했다." — 이 순간에도 유다는 묵묵히 예수님의
지시를 충실히 이행해야 했으며, "그만두십시오! 부탁
이니 그만두십시오. 나는 더 이상은 할 수 없습니다"
소리를 질러서는 안 되었습니다. 이러한 순교 태도는
모든 상상을 초월하는 것입니다. 하지만 그것도 또한
전부는 아니었습니다. 왜냐하면 일순간의 저주로 끝난
주님의 심판에 이어 역사의 심판이 뒤따랐기 때문입니
다. 그를 조롱한 미술 작품이 나타났습니다. 그것은 신
학적인 측면의 재판이었습니다. 그것은 종교재판이었
습니다. 유다는 사탄이요, 유다는 타고난 살인자요, 하
느님께서 내다 버린 아들이었습니다.

그러나 그는 언제나 경건한 사람이었습니다. 아마도
이제까지 존재했던 모든 사람들 중에서 가장 경건한 사
람이었을 것입니다. 저는 그것을 증명할 수 있습니다.
성서의 도움으로, 제 신앙과 하느님께서 제게 선물로
주신 사고력을 바탕으로 그렇게 할 수 있습니다.

첫 번째 증거가 성서에 들어있습니다. 다음은 마태오의 복음서 27장 3절부터 5절까지의 내용입니다. "그때에 배반자 유다는 예수께서 유죄 판결을 받으신 것을 보고 자기가 저지른 일을 뉘우쳤다. 그래서 은전 서른 닢을 대사제들과 원로들에게 돌려주며 '내가 죄 없는 사람을 배반하여 그의 피를 흘리게 하였으니 나는 죄인이오' 하였다. 그러나 그들은 '우리가 알 바 아니다. 그대가 알아서 처리하라' 하였다. 유다는 그 은전을 성소에 내동댕이치고 물러가서 스스로 목매달아 죽었다."

마태오의 복음서는 다음과 같은 말을 하고 있는 것으로 여겨집니다. 즉 배신자가 첫 번째 죄를 저질렀을 뿐만 아니라 두 번째 죄에도 빠지고 있다는 비난입니다. 다시 말하자면, 배신자가 자살을 선택했다는 것입니다. 그러나 그것은 겉보기에 그렇게 보일 뿐입니다. 이 문장의 진실은 행간 사이에 숨어 있습니다. 좀더 정확하게 말하자면, 만일 유다의 회개와 죽음에 대한 이야기를, 구약의 인물로서 경건한 예언자로 인정받는 즈가리야*의 이야기와 비교해 본다면 진실은 보다 분명하게 드러날 것입니다. 이 즈가리야에게 유대인들은 일에 대한 대가로서 똑같이 은전 서른 닢을 주었습니다. 은전 서른 닢, 이것은 노예 한 명을 살 수 있는 금액이었습니다. 일의 대가로는 너무 적어서 굴욕감을 느끼게 될 정도였습니다. 그러나 즈가리야는 야훼의 말씀에 따라 그 은전을 주의 성전 안으로 집어넣었고 그것을 자랑스러워했습니다.

저는 그것으로 진실이 충분히 명백하게 드러났다고 생각합니다. 즈가리야와 유다는 각자 한 가지 임무를 가지고 있었습니다. 한 사람은 양떼를 지켜야 했고, 다른 한 사람은 양을 넘겨주어야 했습니다. 그 두 사람은 하느님의 말씀을 따랐습니다. 그들은 하느님께서 그들에게 요구하시는 일을 했습니다. 유다 역시 그렇게 했습니다! 그는 즈가리야를 따라 부끄러운 수입을 성전에 던져 버림으로써 우리에게 하나의 비유를 보여주었던 것입니다. 그것이 비밀의 한 자락을 잠시 드러내는 순간 다음과 같이 읽힐 수도 있는 의미가 나타납니다. *바로 그 즈가리야가 하느님의 이름으로 행동했던 것처럼, 나도 역시 그렇게 행동했던 거요.*

여기에서 한 죄인의 절망적인 행위는 중요한 것이 아

닙니다. 여기서는 어쩔 줄 모르는 살인자처럼 넋을 잃은 당황한 인간이 아니라, 한 경건한 사람이 다음과 같은 자신의 복음을 선포하는 것이 중요하다는 것입니다. *여기를 보시오. 나는 율법을 성취했소. '한 사람이 은전을 성전 안에 던진다면 그것은 그가 하느님께 순종했다는 의미를 상징적으로 보여주는 것이다' 하는 말을 다시 읽고 생각해 보시오.*

그리고 두 번째 증거 역시 성서 안에 있습니다. 그것은 바로 게쎄마니의 입맞춤이었습니다! 우리 교회가 오늘날까지 믿고 있는 것처럼 유다가 만일 정말로 배신자였더라면, 그는 병사들을 예수께로 데려가 고개를 끄떡이는 것으로 예수님을 팔아넘겼을 것입니다. *저기 있는 저 사람이 그요* 하고는 도망을 갔을 것입니다. 그러나 복음서에는 그런 기록이 없습니다. 숨어서 손짓하는 대신 포옹을, 말없는 신호 대신 키스를 했던 것입니다! 이러한 키스야말로, 그 순간까지 자신을 버리고 하느님께서 명령하신 임무를 철저하게 이행한 한 남자가 예수를 사랑했었다는 증거였던 것입니다. 그의 일관된 행동은, 잘 알려진 것처럼 기름이 펄펄 끓는 뜨거운 가마솥에 던져졌던 (수도원 교육 시간에 종종 등장하는) 성 파피우스의 순교에 필적할 만한 것이었습니다.

그리고 유다는 이 일을 갑작스럽게 했습니다. 좀 더 참지 못하고 그는 예수님의 품에 뛰어들었습니다. *주여, 저는 당신이 원하시던 일을 한 겁니다. 만족하시나요?* 하며 예수를 안고 키스를 했습니다. 예수님의 입술에 그의 입술이 닿았을 때 예수께서는 그것을 이해하셨습니다. *나의 친구여* * 예수께서 말씀하셨습니다. 과월절 만찬 때처럼 간청하듯 말씀하셨습니다. *시간이 되었으니 행하라.* 키스와 우정의 표시, 친한 사람들 사이에서의 대화, 부드러운 행동 그리고 이 말, *사랑하는 친구여*, 그 말이 있고 난 뒤에는 끔찍한 일들이 기다리고 있었습니다. 심문하고 구타하고 침 뱉고 학대하고 못질하고 소리 지르고 고문하는 일을 당하는 것만이 남아 있었습니다. 그것은 조롱당하고 장렬하게 죽는 일이었습니다.

게쎄마니에서의 포옹, 유다의 키스, 그것이 우리에게는 예수께서 보신 마지막 한 줄기 빛처럼 여겨집니다. 그리고 밤이 되었습니다. 이때 이 종이 주님께 키스하고 주님은 종에게 *나의 친구여* 하고 말씀하셨던 것은 예수와 유다가 형제처럼 서로가 서로에게 속해 있다는 비유였습니다. 앞서 말한 것처럼 예언은 성취되어야 했고 한 사람이 하느님의 의지를 떠맡아야 했으니까요. 그 사람은 *성육신* 뒤에는 *부활*이 일어나야 한다는 것을 알고 이를 위한 일을 해야 했습니다. 하느님께서는 하늘에서 땅으로, 땅에서 하늘로 오가는 이 진자(振子)의 움직임을 완결시킬 임무를 그에게 주셨습니다. 아무리 자주 이야기를 해도 지나치지 않을 이 사람이 바로 유다입니다. 그는 버림받을 존재로 선택되었습니다. 왜냐하면 그만이 그 일을 감당할 만큼 충분히 강인했기 때문이었습니다. 유다, 그는 경건한 사람이었습니다. 그러나 동료들 사이에서는 고독한 자였습니다. 그는 열한 명의 갈릴리 출신 사도들 사이에 끼인 유일한 유대 출신 사도였습니다. 그는 아둔한 사람들 사이에서 총명한 사람이었습니다. 그는 목자와 어부들 사이에서 돈주머니를 맡은 자요, 의심 많은 사람이었습니다. *그만이* ― 베드로도 아니고 그 밖의 누구도 아닌 ― 집행자의 역할을 할 수 있고 세상과 죄, 아담의 타락과 지옥의 역

할을 보여줄 수 있는 자로 간주되었습니다. *그에게는*
악 자체에 대해서 뿐만 아니라, 그 악의 극복가능성에
대해서도 입증해야 할 의무가 요구되었습니다. 그는 사
탄이 왜 준비되어 있는 것이며 사탄의 한계가 무엇인지
실증해야 했습니다.

악의 가면을 벗기기 위해서는 한 남자를 악마의 대리
인으로 만드는 것 (저는 제가 하고 있는 말의 의미를 잘
알고 있습니다!) 외에 다른 선택의 여지가 없었습니다.
앞으로 일어날 모든 일을 미리 알 수 있었던 예수 그리
스도나 하느님께도 선택의 여지는 별로 없었습니다. 그
것은 필연적인 일이었으며, 하느님의 계획이 그것을 필
요로 했습니다.

그 계획을 실천하기 위해서는 인간의 도움이 필요했
습니다. 그 일을 함께 추진할 한 사람, 그 한 사람의 도
움이 필요했습니다! 그것은 필수조건이었습니다. 그렇
기 때문에, 한 사람에게 요구될 수 있는 가장 극단적인
임무를 누군가가 기꺼이 자신을 희생하여 떠맡아야 했
으며, 그래서 필연적인 희생이 있었던 것입니다. 그렇
지 않다면, 아, 오늘날까지 사람들이 믿고 있는 것처럼,

우리 주 예수 그리스도께서 아무 것도 모르는 사람이 스스로 희생되도록 계획한 것이라고 믿어야 합니까? 모르고 희생된 것이 맞다면! 그리고 만일 유다는 악마 였고 *예수께서 이것을 아셨다*고 하는 복음서 저자 요한의 주장이 옳다면, 왜 예수께서는 그에게 경고하지 않으셨을까요? 왜 그분은 유다가 희생되도록 내버려두셨단 말입니까? 예수가 유다의 희생물인 것이 아니라 사실은 그 반대인데도 말입니다! 왜 예수께서는 이미 하늘에서 도둑으로 알려져 있던 그 사람이 경리 책임자로 임명되는 것을 허용하셨습니까? 무엇 때문에 예수께서는 배신자를 만류하지 않으셨을까요? 예수께서 유다의 개심(改心)을 두려워하셨을까요? 유다의 개심이 구원의 계획을 무효로 만들게 될까봐 걱정을 하셨을까요?

주기도문이 나자렛 예수 그분 자신에게도 빈말에 불과한 것은 아닐 텐데, 왜 예수께서는 유다를 시험에 들게 하셨을까요? *그리고 우리를 시험에 들지 말게 하옵소서* ─ 이것이 예수님께는 해당되지 않는 기도였습니까? 아닙니다. 저는 그렇게 믿을 수가 없습니다. 저는 자기 계획을 실현시키기 위해 *일어나라. 유다, 내 친구*

여! 하며 한 사람에게 죄를 덮어씌우는 그런 하느님을 감히 상상할 수가 없습니다. 그와 같은 게임은 제가 보기엔 너무나 불공정합니다. 이 유다에게는 아무런 승산이 없었습니다. 아니면, 혹시라도 있었을까요? 좋습니다. 그렇다면 하느님께서는 자기 계획의 실패를 허용할 각오를 하셨어야 했을 것입니다. 그렇다면 '넘겨준다'는 단어가 갖는 이중적인 의미 때문에 생각할 수 있는 다음과 같은 위험을 배제할 수 없었을 것입니다. 우선은 육체적인 의미에서 예수님을 '넘겨주는 사건'이 일어나지 않을 수도 있었으며, 또한 정신적인 의미에서 예수님의 종교적 사상이 이웃이나 후대에게 '넘겨지는 일'이 일어나지 않을 수도 있었습니다.

이제 진실은 다르게 보입니다. 유다는 희생양이 아니었습니다. 그는 자유 의지로 그 일을 했습니다. 유다는 모든 것을 알고 있었으며 그래서 자신의 의지로 자신의 길을 간 것입니다. 다음과 같은 저의 표현을 용서하시기 바랍니다. 유다는 예수와 *공범자*였습니다. 그는 흩어졌던 이스라엘 민족이 심판의 날에 되찾게 되는 하느님의 나라에서, 열두 지파를 대표하게 되는 열두 제자 중의 한 명이라는 위상을 초월합니다. 그는 예수께서 "사람의 아들이 부활하여 자기 영광 가운데 옥좌에 앉을 때 나를 따른 너희도 열두 옥좌에 앉아서 열두 지파를 심판하리라" 말씀하셨던 열두 사도 중의 한 사람에 불과한 것이 아닙니다. 그는 영원한 생명의 말씀에 귀를 기울이며 예수님의 곁에 있다가, "이는 나의 아들, 내가 선택한 나의 사랑하는 아들이다" 하는 구름 속 하느님의 음성을 들었던 제자들 중 한 사람에 불과한 것이 아닙니다. *유다는 그보다 더 높이 있는 존재입니다.* 예수님을 따랐던 다른 사도들도 우리 주님의 예언과 주님께서 발을 씻겨주신 일, 과월절 성찬 등을 통해서 인정을 받았습니다. 유다는 그러나 나머지 열 한 명의 사도보다 우월합니다. 그는 다른 사람은 이해할 수 없고, 오직 주님과 그만이 이해할 수 있는 말로, 주님과 이야기했습니다. *네가 할 일을 어서 하여라!* (주님께서는, *그만두어라. 유다여, 네게 부탁하노니 죄에 빠지지 말아라* 하는 말씀을 한 것이 아니었습니다.)

저입니까, 주여?

네가 말하였다.

이 대화는 제자들을 전혀 염두에 두지 않고 이루어졌습니다! (제자들은 말없이 그곳에 앉아 있었고 한마디도 이해하지 못했습니다.) 우리 주님을 선택한 자이며 가장 충성스러운 종인 유다와 예수님의 대화, 예수께서는 하필이면 유다, 버림받은 그와 의사소통이 되었던 것입니다.

배신한 사람에게는 성스러운 음식인 과월절 만찬의 빵조각이, 배신당한 사람에게는 입맞춤이 주어졌습니다. 비록 암시적인 표현이지만, 주인과 충직한 제자 사이의 은밀한 일치, 신성한 제휴를 보여주고 있음이 여기에서 분명하게 드러나고 있습니다.

그것을 어떻게 달리 해석할 수 있겠습니까? 그들은 *이미* 서로 한 편이었습니다. 그 둘은 *이미* 서로 묶여 있었습니다. 그 둘은 *이미* 서로를 필요로 하는 형제와도 같았습니다. 그림자가 몸이 없으면 아무 것도 아니듯이 유다는 예수 없이는 아무 것도 아니었습니다. 그러나 예수도 유다 없이는 아무 것도 아니었습니다. 유다가 대사제에게로도 게쎄마니로도 가지 않고 비밀을 자기만의 것으로 지켰더라면 예수님의 계획은 끝장이

났을 것입니다.

다시 한 번 더 말하겠습니다. 예수와 유다, 그 둘은
서로에게 속해 있었습니다. 유다는 예수의 손 안에 있
었습니다. 둘 다 자신의 길을 가야 했으며, 죽음 안에서
또한 일치를 이루었습니다. 둘 다 땅에서 죽지 못하고,
나무 높이 매달려 죽었습니다.

제가 깊이 생각하고 망설임 끝에 제기하고자 하는 문
제는, 누구의 길이 더 어려운 길이었냐는 것입니다. 우
리 구세주의 길이었을까요? 아니면 예수에 앞서 죽은
그 사람의 길이었을까요? 지상에서의 마지막 몸짓은
하늘나라에서의 첫 번째 몸짓이 될 것이란 확신에 차서
그는 먼저 죽어갔습니다. 한 번 더 겟쎄마니에서 둘이
만날 기회가 생긴다면 그때는 예수께서 유다에게 다가
가 그에게 입맞춤을 하고 포옹할 차례입니다.

그러나 인간 사회에서 그는 어떻게 되었습니까? 멸
시받았습니다. 저주받았습니다! 그는 자살한 사람이었
습니다. 자신의 죽음이 임박했을 때 그도 *다 이루었다*
고 말할 수 있었다는 것을 아무도 믿어주지 않았습니
다. 그는 아무도 그의 죽음을 추모하려 하지 않는 버림

받은 사람이었습니다. 그러나 저는 그를 추모할 것입니다.

나의 하느님, 당신은 왜 허락하지 않으십니까?
제가 강도 대신 그분의 곁에서 죽으려는 것을.
왜 당신은 제게 이것까지도 요구하시나요?
그것으로는 아직도 충분치 않나요?
당신은 아시지요,
그 분을 넘겨주어야 하는 것보다,
그분 곁에서 십자가에 못 박히는 것이 얼마나 더 쉬운 일인지.
그런데도 당신은 왜 지금 저를 홀로 남겨두어,
지옥을 바라보며 나무에 매달려 죽어가는 동안,
그분이 강도에게 낙원을 약속해 주는 것을 견디게 하십니까?
언제나 당신이 명하신 바를 모두 행한 사람인 제가 하필이면.

   그러나 이것이 마지막 말은 아니었습니다. 예수와 유다의 공통점은 죽음에 이르기까지 지속됩니다. *내 뜻이 아닌 당신의 뜻대로 이루어지소서.* 유다도 역시 죽기

전에 이 말을 했을 것이라는 것을 믿어 볼만하지 않습
니까?

저는 가리옷 출신의 유다를 복자의 자리에 올려주시
기를 청원합니다. 저는 지옥의 아들로 불리는 유다가
사실은 하느님의 위임을 받은 자요, 우리 주 예수의 형
제였다고 생각합니다.

우리는 유다에게 많은 것을 보상해야 한다고 생각합
니다. 우리 모두는.

에토레 P. ②
여기까지가 베르톨트 B 신부의 청원문이다. 원문은
독특하고 매우 주관적인 라틴어 문장으로 거의 40여 쪽
에 달하는 분량이었다. 그리고 조급한 마음과 적극적인
자세가 두드러지고, 비장하면서도 비약이 심한 글이었
다. 단정과 모순, 대담한 역설로 엮어진 이 글을 처음
읽었을 때, 나는 터툴리안*을 생각하지 않을 수 없었
다. 똑같이 여기저기에서 타오르는 불꽃같은 언어가 있
었고, 격정도 똑같았다. 광적인 열광과 재치가 있었지
만 객관성과 이성적인 척도가 부족한 것도 똑같았다.

이미 했던 말을 되풀이하는 일이 다반사였고 이야기는 두서없이 진행되었다. 법학자인 내가 이것을 읽는 것은 결코 쉬운 일이 아니었다. 이것은 교회법에 입각하여 쓴 진술이라기보다는 시에 가까웠다. 그러나 나는 이탈리아어로 쓴 나의 요약본을 통해 그 시복심사 청원인의 사고방식과 논증방식에 대한 인상을, 그리고 품성에 대한 인상을 추기경에게 전달하기 위해(나는 이것이 그에게 매우 중요하다고 생각했다) 내가 할 수 있는 일을 다했다. 문제는 한 인간을 숨기지 않고 비추어 주는 거울이라고 생각했기 때문에 나는 한 문장 한 문장 최선을 다했다. 나는 그 일을 잘 해내고 싶었지만 결코 쉽지 않았다. 우리 법률가들은 객관적인 사고의 소유자들이기 때문이었다.

그러므로 내가 그토록 많은 시적인 표현들과 이해하기 어려운 비약적인 표현들로 가득 찬 그 글을 끝내고, 동봉한 대주교의 편지를 요약 번역하는 일을 시작하게 되었을 때 매우 다행스럽게 생각한 것은 이해해 줄만한 일이었을 것이다. 대주교의 글은 이성적이고 냉철한 것이었다. 아프리카인이 라틴어로 쓴 글이 아니라 키케로

학파의 학자가 쓴 글과 같았다. 여기에 그 본문이 있다.

대주교 – 베르톨트 신부 접견

1936년 사제 서품을 받았으며, 현재 프란치스코 수도회의 신부인 시복심사 청원인 베르톨트 B는 예루살렘의 대주교인 제가 13년 전부터 잘 알고 있는 인물입니다. 저는 그를 믿음이 강하고 상급자들에게 인정받으며 동료들에게 사랑 받는 그리스도의 종으로 평가합니다. 그의 품행은 흠잡을 데가 없고 그의 믿음은 의심할 여지가 없습니다. 그는 경건한 사람입니다. 굳이 그의 단점을 든다면, 오로지 그의 열정을 들 수밖엔 없습니다. 성스러운 열정, 이것으로 그는 자신에게 부여된 임무들을 완수했지만, 교구청의 문서에도 나와 있듯이 또한 열정 때문에 가끔씩 자신의 육신을 위독한 상태로 몰아가곤 했습니다. (소말리아에서, 그리고 스리랑카에서도, 선교사 및 사제로서 베르톨트 신부는 생명이 위험할 정도의 중병을 두 번 앓았습니다. 그것은 그가 특권적인 삶을 거부하고 자신이 담당한 토착민들과 똑같이 살아보려고 한 데서 비롯된 영양실조 때문이었습니다.)

2년 전인 1960년 4월, 잘 아시는 바와 같이, 그는 수도원의 상급자들과 면담을 한 후 저에게 와서 시복 재판에 전력을 다하겠다는 계획을 알려 주었습니다. 그 것은 가리옷 유다의 시복을 위한 재판이었습니다. 그토 록 확고한 결의에 가득 차 있는 베르톨트 신부를 보고 난 이후로, 제가 그의 결심을 만류하기 위해서 생각할 수 있는 모든 일을 했다는 것을 굳이 강조하고 싶지는 않습니다.

저는 먼저 그에게 이 재판이 가망이 없다는 사실을 지적해 주었습니다.(정정하겠습니다. — 제가 2년 전 에는 가망이 없다고 생각했던 그 재판의 어려운 점들에 대해 저는 그에게 설명해주었습니다. 오늘날에는 더 이 상 그렇게 어렵다고 느끼고 있지는 않습니다.) 저는 교 황 요한 23세* 성하께서 열심히 추진하셨던 그리스도 인들과 유대인들 사이의 화해가, 주로 성지에 있던 우 리 가톨릭 신도들로부터 신념에 찬 열정적인 지지를 받 았던 화해였다는 사실에 중점을 두어 말했습니다. 나는 이미 오래되어 흉터도 남지 않은 상처를 다시 건드려,

필시 덧나게 할 그런 화해를 위해서라면, 어떤 식으로든 일을 하지 말라고 강하게 말했습니다.(어쨌든 저도 이 시점에서는 그 때와 다르게 생각하고 있습니다.) 그러나 신부를 설득할 수가 없었습니다. 그는 아주 고집이 센 사람이었습니다.(오늘날에는 저는 그 사람을 시종일관적인 사람이라고 말하고 싶습니다.)

저는 그를 매우 다그치며, 그러한 재판을 하게 되면 이제 나타나게 될 어려움들, 즉 행정적인 낭비, 비용, 수많은 여행과 조사, 그리고 그 자신과 저와 재판관과 증인들이 겪을 번거로움, 그리고 그가 저에게 끼치게 될 수도 있는 고통스러운 상황 등 그가 쓸데없이 겪을 수고로움에 대해서 조목조목 똑똑히 일러주었습니다. *예루살렘의 대주교가 동시에 배신자 유다에 대해서도 언급해야 하는 일,* (하느님 저의 교만을 용서하소서. 그러나 그때는 저도 그렇게 말했습니다.) 그리고 마침내 — 그리고 무엇보다도 — 그리 젊지도 않은 사람이, 경건하고 하느님의 뜻을 따르는 삶을 살았으므로 스스로를 이런 재판에 연루시킬 필요가 전혀 없는 그런 사람이, 재판이 끝나고 감내해야 할 후유증에 대해서 말

39

해주었습니다. 이단은 유죄이며 결국 성경 교육 자격을 박탈당하고 파문당하는 판결을 받게 될 거라고 말해주었습니다.

저는 묻고 또 물어보았습니다. 말도 되지 않는 것이지만 재판이 본심에까지 이르게 되리라고 그가 정말로 믿고 있는지, 사도좌 앞에서 자신의 견해를 주장하기 위해서 그가 실제로 목숨을 걸고 로마에 가려고 하는지 물어보았습니다..

그것이 자신이 의도하는 바라고 그가 말했습니다.

그는 수도회의 전권대리인*이라는 직책을 통하지 않고 사적으로 몸소 이 일을 추진하고자 하는 것일까? *유다를 옹호하는 자*라는 공개적인 비난을 받을 것을 두려워하지 않는지 물어보았습니다.

그렇다고, 그런 것을 두려워하지 않는다고 말했습니다.

정말로 그럴까? 그렇다면 몇 주, 아니 몇 달이나 몇 년 후에 자신에게 닥칠 일의 결과를 명확히 알고 있는가? 그리고 재판 비용을 충당할 수 있는 자금을 마련하는 일이 시복심의 청원인인 자신의 책임임을 알고 있는

가? 돈은 어디에서 나오는가? 나는 계속 질문을 했습니다.

그는 부유한 친척들이 있다고 말했습니다.

좋다고, 그 정도는 인정할 수도 있다고 나는 말했습니다. 그러나 교리학 분야 및 신약성서 주석에 대한 지식도 모자라고 라틴어 실력도 궁색한 그가, 스스로 법정에서 증인의 이름을 불러야 하고 적당한 증거 서류를 제출해야 할뿐만 아니라, 전문적인 공부를 한 지 수십 년이나 지난 선교사인 그가, 변론문도 작성해야 하며 증인들을 심문해야 한다는 사실을 알고 있는지 물어보았습니다. 예컨대 유다의 죽음(자살)에 관한 문제를 다룬 변론문은 어떻게 작성할 것인가? 그는 정말로 이와 같은 질문들(그리고도 더욱 어려운 문제들이 더 있을 수도 있습니다)에 대해 신앙검찰관과 논쟁을 벌일 것을 예상하고 있는가?

그는 그렇다고, 자신은 그것을 예상하고 있다고 말했습니다. 라틴어와 관련된 문제라면 성 바울을 들어 스스로의 마음을 위안하겠다고 했습니다. 그리고 로마서의 첫 부분도 결국은 유창하지 못한 그리스어로 되어있다고 말했습니다.

그때 저는 당연히 인내심을 잃기 시작했고, 그에게 이제 모든 것이 끝났다고 소리를 질렀습니다. 분명히 그는 자기의 그 불합리한 요구를 통해 제게 무엇을 강요하고 있는 셈인지 전혀 모르고 있었습니다. 세 개의 법정이 기다리고 있었습니다. 하나는 문서들을 심사하기 위해 열리고, 두 번째는 고인이 혹 이전에 공식적인 숭배를 받지 않았는지 확인하기 위해 열리며, 세 번째는 고인의 성덕과 순교, 기적과 선행을 분석하기 위해 열리는 것입니다. 배신하고 자살한 사람의 선행을 분석하다니! 자살했기 때문에 무덤조차 없는 사람의 것을! 그리고 그를 위해서 재판을 세 번씩이나 열다니!

저는 대화를 중지하고 자리에서 일어섰습니다. 그는 아마도 그의 청원을 기각하는 것이 저에게 달려 있다는 것을 정확히 알고 있었던 것 같았습니다.

그렇습니다. 그것을 기각할 수 있는 권한이 저에게 있었습니다 — 그에게 자신의 청원을 고수할 권한이 있는 것과 똑같이. 우리의 교회법전 2003조에 따라 모든 가톨릭 신자들은 청원을 제출할 수 있다는 것을 저도 잘 알고 있었습니다. 물론 그도 청원을 할 수 있습니다.

베르톨트 신부가 몸을 굽혀 인사를 했습니다. 접견은 끝이 났습니다. (유다 소송은 끝나지 않았습니다.)

에토레 P. ③ - 재판과정

이제 이 접견이 끝난 직후 몇 주에 걸쳐서 베르톨트 신부가 속한 프란치스코 수도원의 상급자들과 대주교가 나누었던 대화를 기록한 긴 문장이 이어진다. 여기에서 적어도 수도원장은 필시 어떤 이유에서 (그는 대주교가 각주에서 단호하게 강조한 바에 의하면 세례 받은 유대인이었다) 베르톨트의 계획을 근본적으로 거부하지 않고 (물론 권장한 것도 아니지만) 수도원 간부에게 전적으로 판단을 맡겼던 사실이 드러났다.

그런데 이 접견의 결론이 자신의 예상과는 전혀 다르게 되었기 때문에, 대주교는 빠른 시일 내에 열려고 했던 재판을 아예 열지 않도록 하는 편이 — 여름에는 그렇게 생각하고 있었다 — 사실은 바람직할 지도 모른다는 회의에 빠지게 되었다. 그러나 한편으로는 구두로,

한편으로는 서면으로 명망 있는 성서해석학자들과 장기 간에 걸쳐 토론을 하고 난 뒤, 그는 결국 이 재판을 개최해야겠다는 결심을 점차로 굳히게 되었다. 그것은 유다 사건을, 처음에 언뜻 보았을 때는 간단해 보였지만 명백히 논쟁의 여지가 많은 이 사건을, 공평하고도 원하는 만큼 철저히 모든 측면에서 조사해 보자는 생각에서 그렇게 했을 뿐이었다.

그래서 — 단지 그런 이유 때문에! — 대주교는 이 재판을 열었고, 재판 상황을 재판보고서에 세세한 것에 이르기까지 일일이 기록했다. 여기에는 증인들의 성격 묘사, 증인들의 신뢰성, 교회사 학자들의 진술(무엇보다도 카인 종파 교도들의 우상 숭배에 대하여)에 대해 증인들이 주장하는 입장, 고고학자들의 평가(옹기장이의 밭과 '피의 밭'에 대한 문제), 현장 검증의 결과(법정은 베다니아를 돌아보았다), 윤리 신학자들의 소견서(자살에 대한 교회의 입장에 관해서는 열띤 논쟁이 있었다) 등에서부터 성서해석학자들의 논쟁에 이르기까지 기록되어 있었다. 고린토인들에게 보낸 첫째 편지 15장 5절의 다음과 같은 문제들을 논의하는 데만도 꼬

박 나흘이 걸렸다. 바울이 부활의 증인으로 언급하고 있는 12사도는 본래 누구인가? 사도들이 배신자에 대해서 — 이곳에서도 다른 곳에서도 — 명백히 아무 것도 모르고 있다는 사실은 어떻게 해석해야 하는가?

보고서는 2절지로 26장의 양면에 기록되어 있었는데, 신학적 해석 기법을 검토하는 내용으로 가득 차 있었고, 재판과정에서 진술되었던 근본 명제들을 밝히고 있는 대주교의 다음과 같은 요약문이 덧붙여져 있었다. *유다는 원래 누구였으며, 그의 배신을 유발시킨 동기는 — 그것이 배신이었다면 — 무엇이었는가?*

다음은 원문을 그대로 인용한 것으로, 단어 하나 건드리지 않고 옮긴 것이다. 아무 것도 빼지 않았으며 추가한 것도 없다. 단지, 앞부분에 신학자들이 언급되는데 그들의 이름이 중요한 것은 아니므로, 문장의 중간 부분부터 인용을 시작하겠다.

세 가지 논제

대주교 – 세 가지 논제

… 결국 세 가지 논제가 남게 되었는데, 저의 동석자
와 제가 — 물론 저희의 고문들과 상의하여 — 판단해
야 할 문제였습니다.

첫째는 유다는 더러운 욕심으로 인해 배신자가 되었
다는 *심리학적* 논제였습니다. 유다는 돈의 노예, 야심
가, 위선자였으며 시기심과 증오심이 많은 자였다는 것
입니다. (이것은 오스트리아의 윤리 신학자들이 첫 번
째로 주장하였습니다.)

둘째는 유다가 그리스도에게 실망하여 게쎄마니에서
민중 봉기를 주동하려 했던 혁명당원*이었다는 *정치적*
논제였습니다. (이것은 라틴 아메리카의 평가에서 가

장 빈번히 발견되는 논제였습니다.)

셋째는 유다는 위장 배신으로 예수를 제거하고, 자신을 세상의 구세주로 입증하고자 했던, 메시아니즘의 대변자였다는 *종말론적* 논제였습니다. (이 논제는 특정 지역의 소수의 신학자들이, 특히 도미니크 수도회원들이 주장했습니다.)

대주교 - 세 가지 논제 ① : 심리학적 논제

증인들의 순서에 따라 (이러한 논제들을 이해하기 위해서는 일반적인 견해가 중요하기 때문이기도 해서) 우리 예심 법정은 심리학적인 논제에 대한 토론을 먼저 시작했습니다. 그것은 특히 경제적인 이유 때문이었습니다. 문제가 간단해 보였기 때문에 우리는 결론을 빨리 내리게 될 것을 기대했습니다.

복음서 저자들의 진술은 언뜻 보기에도 더 이상의 설명이 필요 없었습니다. 열두 제자들 중에서 아홉 명이 얼굴 없는 존재라는 사실은 별다른 설명이 필요 없습니다. 이들은 그저 숫자를 채우기 위해 필요한 이름들입니다. 셋째, 여섯째, 열 한 번째, 이 세 사람들만이 자신의 그림자를 갖습니다. 우선 "형제들 사이에서 *그가 죽지 않으리라*는 이야기가 돌았다"는 경건한 요한이 있었습니다. 그리고 겁이 많았던 목자인 베드로가 있었습니다. 그는 세 번 악의 유혹에 빠지고 난 후에야 보호를 받았습니다. 그는 양떼의 주인이었고 순교자가 되었습니다. 그리고 마지막으로 악마의 대변자가 있었습니다. 그는 유대인인 유다였습니다.

그들은 빛의 아들, 하늘의 옥좌에 오를 것으로 정해져 있던 세상의 아들, 그리고 어둠의 아들, 이렇게 세 명이었습니다. 즉 그들은 순결하고 고상한 사람과, 이중 얼굴을 가진 자와, 사탄이었습니다.

그러니까 유다에게는 여지가 없었을까요? 우리가 성서 해석을 시작했을 때는 완전히 그렇게 보였습니다. 진술들은 너무도 명백하여 손댈 곳이 없었습니다. 유다는 배신자였습니다. 유다는 돈을 사랑했습니다. 유다는 악마에게 사로잡혔습니다. 이처럼 세 가지 비난이 있었지만 실제로는 한 가지와 다름없었습니다. *여기 베엘제불*의 손아귀에 들어 있는 한 사람이 있다* 하는 말로 표현되어야 했습니다. 또한 이러한 내용은 생생하게

49

표현되어야 했습니다. 개념이 모호한 '악'은 구체화되어야 했습니다. 다시 말하자면, 죄는 죄를 구체화시켜줄 한 사람을 필요로 하고 있었습니다. 죄는 죄를 받아들일 수 있는 한 사람을 찾고 있었습니다. 악은 배신 안에서, 배신은 배신자 안에서, 배신자는 유다 안에서 일목요연하게 나타났던 것입니다. 그 때부터 모든 것은 아주 쉽게, 마치 그 자신이 그렇게 하는 것처럼 진행되었습니다. 그 배신자는 돈에 대한 욕심에 따라 행동했습니다. 유다는 틀림없이 재물의 종이었습니다. 그리고 그 재물의 노예는 사기꾼이었습니다. 그러므로 유다는 돈주머니를 맡아보아야 했습니다. 더욱이 그릇된 방법으로 그것을 관리해야 했습니다.

문제는 이처럼 간단합니다. 이렇게 논리적입니다. 사탄의 임무는(이것이 첫 번째 단계입니다) 극단적인 죄, 상상할 수 있는 가장 나쁜 죄 속에서 실현되어야 했습니다. 그것은 주님에 대한 배신이었습니다. 배신은 다시금(이제 두 번째 단계가 뒤따릅니다), 최악에 이르기까지 극단화되어야 했습니다. 그래서 돈을 위한 배신으로 나타났던 것입니다. — 명성이나, 명예, 영광 때문에 배신을 한 것이 아니었습니다. 그러나 이것으로는 아직 충분하지 않았습니다. '사탄이 어떤 방법으로 한 사람 안에서 사탄으로 구체화되는가?' 하는 생각을 다시금 부각시키려 했습니다. (이것이 세 번째 단계입니다). 그러므로 배신은 악마가 우리 주님을 유혹하려고 시도했던 막대한 재화 때문에 나타나서는 안 되었으며, 푼돈을 위한 배신이 나타나야만 했습니다. 몇 개의 동전 때문에 배신을 한 것이 되어야 했습니다.

이처럼 증거는 완전무결합니다. 시작과 끝이 서로 아주 잘 들어맞습니다. 이 결과는 악마 숭배와 황금만능주의는 동일하다는 전제를 확증하는 것입니다. 돈에 마음을 빼앗긴 사람은 그 대가로 죽음을 얻게 됩니다. ("아나니아*, 왜 사탄에게 마음을 빼앗겨 성령을 속였소? 그리하여 땅 판 돈의 일부를 빼돌렸소? 당신은 하느님을 속인 것이오!" 성 베드로는 사도행전에서 이 사기꾼에게 소리쳤습니다.) 유다의 죽음은 당연한 것으로 여겨집니다.

유다는 이러한 사고에 부합되는 본보기입니다. 그는 한 요소가 다른 요소에, 곧 악에는 배신이, 배신에는 탐욕이, 탐욕에는 돈이 — 결국 악에는 돈이 — 연결되어 있음을 보여주는 하나의 예입니다. 인간의 형상을 한 악인 유다. 이것은 교의학(教義學)에서 나온 개념인데, 악에게 육신을 부여한 것입니다. 육신과 이름을 부여했습니다. 그러나 육신을 가진, 생각하고 느끼며 행동하고 반응할 줄 아는 한 인간으로 충분한 걸까요? 그리고 유다라는 이름을 가진, 가리옷 출신의 유다라고 하는 한 개인으로 충분한 걸까요? 아닙니다. 육신과 이름만으로는 충분하지 않습니다. … 그리고 이것을 아는 한 사람이 있었습니다. 그가 바로 복음서 저자인 요한입니다. 그는 그 얼굴 없는 이에게 인간의 용모를 부여해 주었습니다. 그러나 어떤 종류의 얼굴입니까!

예수께서는 과월절을 엿새 앞두고 베다니아로 가셨는데 그 곳은 예수께서 죽은 자들 가운데서 살리신 라자로가 사는 고장이었다. 거기에서 예수를 영접하는 만찬회가 베풀어졌는데 라자로는 손님들 사이에 끼어 예수와 함께 식탁에 앉아 있었고 마르타는 시중을 들고 있었다. 그 때 마리아가 매우 값진 순 나르드 향유 한 근을 가지고 와서 예수의 발에 붓고 자기 머리털로 그 발을

닦아 드렸다. 그러자 온 집안에 향유 냄새가 가득 찼다. 예수의 제자로서 장차 예수를 배반할 가리옷 사람 유다가 '이 향유를 팔았더라면 삼백 데나리온을 받았을 것이고 그 돈을 가난한 사람들에게 나누어 줄 수 있었을 터인데 이게 무슨 짓인가?' 하고 투덜거렸다. 유다는 가난한 사람들을 생각 — 유다가 거지들을 염려했던 것 — 해서가 아니라 그가 도둑이어서 이런 말을 한 것이다. 그는 돈주머니를 맡아 가지고 거기 들어 있는 것을 늘 꺼내 쓰곤 하였다!

재판부의 전문위원회 위원들은 이 부분이 매우 중요하다고 항상 강조하였습니다. 요한복음서 12장인 이 부분에서 '인간의 형상을 한 악'이 '악한 인간'으로 바뀌기 때문입니다. 다른 복음서의 기자들이 유다의 직업이나 성격에 대해서는 아무 것도 말하지 않고 단지 유다의 행위에 대해서만 언급하고 있는 동안 — 오직 마태오가 한 절에 걸쳐 이 죄인의 뉘우침에 대해 언급하고 있기는 합니다 — 요한은 죄악에 빠진 한 남자의 초상을 그립니다. 그렸다는 말의 의미를 주의해서 생각해야합니다! 에칭바늘로 그린 것입니다! 화필로 그린 것이 아닙니다! 풍속화가들은 바늘을 사용합니다. 도덕주의 자인 요한의 바늘은 날카롭습니다. 얼마나 신랄하고 날카로운지를 요한의 그림이 보여주고 있습니다. 그 그림에 제목을 달자면 *베다니아의 유다*가 되겠지요. 마태오나 마르코라는 거장의 경건한 그림들과 비교해 보면 복음서 저자인 요한이 그린 유다의 의미가 드러납니다. 마태오와 마르코의 그림에는 투덜거리는 제자들이 있고 요한의 그림에는 열정에 찬 모반자가 있습니다. 저쪽 그림에는 제사가 자비로운 행위보다 중요하고, 죽은 자를 위한 예배가 가난한 자들을 먹이는 것보다 더 가치 있다는 점에 동의하지 않으려는 말 많은 사람들의 무리가 있는데 반해, 이쪽 그림에는 거지들에 대해 말하면서 사실은 자신만을 생각하고 있는, 자기 돈주머니 속의 300 데나리온을 생각하는 위선자가 있습니다.

이처럼 악을 인격화하여 그린 것이 계획적인 일이었다는 점은 의심할 여지가 없습니다. 여기에서 한 사람 — 유다라는 이름의 악당 — 은 공개적인 비판을 받아야 합니다. 다른 곳에서도 비판을 받아야 합니다. 요한은 기회 있을 때마다 항상 열두 명 중 한 명을 불행의 아들인 카인의 후예로 그리기 위해서 — 스페인에서 온 전문위원의 말처럼 — "도덕주의자들이 언제나 적대자를 없애고자 할 때 끌어들여 사용하는", 이러한 방법을 사용했습니다. 그는 유다의 심리학적인 인격 프로필을 그릴 때는 항상 원한의 감정을 갖고 그렸습니다.

그리고 요한은 의도적으로 그렇게 했습니다. 그가 영혼의 그림을 그리는 방법은 처형의 성격을 갖고 있는 것처럼 우리에겐 그렇게 보였습니다. 그는 예수의 이름으로 심판을 선포하고 양의 무리에서 염소를 골라내고 있는 것입니다. "내가 너희를 뽑았는데 너희 중의 하나는 악마이다. 너희 중의 누구도 — 한 명을 제외하고는 — 잃지 않을 것이다." 하늘에 계신 주님의 입장을 대변하여 요한은 낙인찍힌 한 사람에 대한 심판을 영원히 선포하였습니다. 그 한 명의 제자는 도저히 용서받을 수가 없습니다. 그는 예수님의 제자로는 전혀 어울리지 않는 다른 인격체이기 때문입니다. 그는 타락한 천사 루시퍼입니다.

그런데 갑자기 — 이제 여기서, 베다니아의 유다를 그리면서! — 요한은 하늘에서 내려보던 자신의 시각을 바꿔 밑에서 올려보는 시각으로 전환시키고 있습니다. 악령학자(우리는 복음서 기자인 요한을 이렇게 불렀습니다)는 도덕교사가 되고, 악마 제자의 사건은 돈주머니를 관리하던 자의 사건으로 바뀌게 됩니다.

간단히 말하면(이것은 뮌스터 출신의 성서해석학자가 제안한 의견을 따른 것입니다. 소견서는 문서에 첨부되었습니다), 사탄에서 시작하여 앞에서 언급한 세 단계를 따라 위에서 아래로, 즉 배신에서 금전욕으로, 금전욕에서 푼돈 때문에 이루어지는 고발 사태로 진행해 나가는 대신에, 아래에서 위로, 곧 돈주머니를 관리하는 자로부터 시작하여 악마에 이르기까지 논하는 것입니다. … 이 순간 그 동안 쌓아올린 해석의 골격이 무너져 내립니다. 신학적 해석의 근거를 지지할 목적으로 사용했던 심리학이 도리어 그것을 부정합니다. 악마가 배신자 유다의 역을 맡을 수는 있겠지만, 분명히 배신자 유다가 악마 역을 맡을 수는 없습니다. 그는 그저 동전이나 탐하는 풋내기 사기꾼일 뿐입니다. 돈 주머니를 관리하고 있는 그는 따로 제 돈주머니를 챙기고 싶어하는 자에 불과합니다. 사실 그 돈은 너무 적습니다.

유다는 사탄을 달리 표현하는 말에 불과한 존재가 아니고, 이름이나 개념을 뛰어넘는 그 이상의 존재라야 합니다. 그러한 유다라야 모든 증인들의 증언이 하나같이 일치할 것입니다. 그는 가장 간교한 도둑, 가장 음흉한 사람보다도 더 — *훨씬 더!* — 악한 존재라야 합니다.

악마로부터 시작해서 푼돈 때문에 예수를 배신한 자에 이르기까지 위에서 아래로 3단계에 걸쳐 분석하고 있는 신학적 분석을 선택한다면, 그렇다면 유다는 사탄이 인간의 형상을 하고 있는 하나의 본보기라는 설명에 만족해야 합니다. 유다는 우리의 상상 속에서 만들어진 인물이 되는 것입니다.

그러나 심리학의 도움을 받아 논증을 해나가는 방법을 선택한다면 이 때는 유다가 — 인간의 형상을 한 우리 주 그리스도의 파트너이자 적대자인 유다가 — 전면에 등장하게 됩니다. 유다는 그리스도와 비밀계약을 맺는데, 최후의 만찬과 게쎄마니에서의 만남이 이를 증거하고 있습니다.(이 부분에서 우리는 청원서 제출자의 주장을 따랐습니다).

악마론적인 설명을 선택해야 하는가? 아니면 정신분석적인 설명을 선택해야 하는가? 제3의 길은 주어지지 않았습니다. *만약* 정신분석적인 설명을 하려면, 복음서에서 중요하게 다루고 있는 사건의 당사자를 분석하는 일에 적합한 수준과 형태의 심리학이 필요합니다. 우리 신학자들이 사용하는 역설*은 도덕주의자들에게는 맞지 않습니다. 그러므로 유다의 행위를 단지 소유욕에서 비롯된 것으로 파악하려는 사람은 — 즉 말하자면 *유다는 도둑이야* 하며 악의에 찬 잔인한 이유를 달아 유다를 비난하려는 사람은 — 소위 회계를 맡아보는 자가 이익을 너무 밝혀서, 이미 위험성을 감지하고 있었던 일에, 사소한 푼돈을 벌려고 모험을 하려는 것이 믿을만한 이야기인지 자기 자신에게 자문해 보아야 할 것입니다.

로마 출신의 한 살레지오회 수도사는, 이것은 심리학적인 일관성의 측면에서 볼 때 더 이상 납득할 수 없는 것이라고 말했습니다. 과장하는 것을 즐기는 수학자나 불합리한 일을 행하는 회계사와 같은 괴물은 실제로 존재할 수 없을 것입니다. (키스라니, 세상에 키스를 왜 합니까?) 침묵(복음서에서 이 말과 관련된 키워드는 *좋은 기회*와 *몰래*라는 단어입니다)과는 도통 어울리지 않는 격앙된 몸짓(포옹과 은전을 집어던진 일, 삼베 밭으로 간 일)을 하는 이런 책략가도 존재할 수 없을 것입니다. 그런데, 한편으로는 회계원의 정서를 갖고 계산과 수익(*유다는 기금을 자기의 것으로 착복했다*)을 따지던 자가, 다른 한편으로는 형이상학적인 언어(*나는 무죄한 피를 흘리게 하였다*)를 사용했습니다. 이것은 잘못된 것입니다. 그 말은 여기에서 정말로 더 이상 어울리지 않습니다. 푼돈을 밝히는 작은 악마인 유다의 이야기는 복음서 자체에 의해서도 모순이 된다고 살레지오회 수도사는 말했으며, 그것이 법정의 의견이기도 했습니다. 깊은 고찰을 통해 얻은 우리 생각의 핵심은 이것입니다. "부정직한 회계관리인의 초상은, 하늘에 계신 우리 아버지의 모습이 턱수염이 난 남자의 모습과 관계가 없듯이, 유다와 관계가 없다."

배신자 유다의 행위를, 오직 돈에 대한 욕심이 유일한 동기라고 보고 설명할 수 있는 것인가 하는 문제가 비엔나의 윤리신학자를 제외한 모든 전문위원들에 의

해 부인되었습니다. 증언들은 처음의 기대를 충족시키지 못했습니다. 유다의 배신에 대한 심리학적인 논제는 결국 결론을 낼 수 없었습니다.

심리학적으로 말할 수 있는 것은 바로 이런 것이었습니다. 가리옷 출신의 그 남자에 대해 심리학자들은 아무런 문제도 발견하지 못했다는 것입니다. 그 사람은 자신이 유대 출신의 서기이자 회계원으로서, 갈릴리 출신의 어부들이나 목자들과 같은 무식한 사람들과 자리를 함께 하며 식사를 해야 하는 현실을 싫어했던, 시기심에 가득 찬 야심가도 아니었으며, 또 — 사실 이미 살펴본 바와 같이 — 주인을 속이려 하고, 살인행위에 대한 계획을 드러내지 않기 위해 순진한 사람인 척하고 다니던 음모꾼도 아니었습니다.

그렇습니다. 이 유다는 위선자도 아니었으며, 부정직한 회계원도 아니었습니다. 너무나 가난해서 집 한번 가져보지 못한 예수에게서 그가 무엇을 얻을 수 있었겠습니까? "여우도 굴이 있고 하늘의 새도 보금자리가 있지만 사람의 아들은 머리 둘 곳조차 없다." 그는 예수에게서 재물과는 다른 것을, 즉 어쩌면 권력과 정치적 영광을 기대했을 수는 있었을 것입니다.

대주교 ─ 세 가지 논제 ② : 정치적 논제

여호수아는 이스라엘의 해방자였다. 유다는 이스라엘을 해방시키기 위해 게릴라처럼 행동했다. 이것은 라틴 아메리카에서 온 형제들이 주장한 가설이었습니다. 이 이론은 언뜻 보기에는 매우 생소하게 보이지만 좀 더 자세히 들여다보면 곧 수긍을 할 수 있을 만한 것이었습니다. 여기 예루살렘에 있는 우리들은 점령국이 무엇인지 알고 있고 식민지 지배자들이 어떻게 행동하는지를 경험했으므로, 그 당시 로마인들이 거룩한 도시 예루살렘의 거리를 건방지고 뻔뻔스럽게 순찰하고 다닐 때, 유대인들이 어떤 생각을 했을지 상상할 수 있습니다. 성전의 구역 내에 사창가가 있었습니다! 가이사리아에서는 거리에서 아이들이 비참하게 죽어가는데도 유흥으로 흥청망청 낭비가 이뤄지고 있었습니다.

아니, 그것은 우리에게 과거의 역사가 아니었습니다. 그것은 현재의 일이었습니다. 우리는 아랍 사람들이 유대인들 사이에서, 유대인들이 영국 사람들 사이

61

에서 어떻게 사는지를 알고 있습니다. 우리는 헤로데의 친위병들이 자기들의 재산을 지키기 위해 애쓰고, 주피터에게 로마 황제의 만수무강을 빌던 행태를 생생하게 알 수 있었습니다. 바리사이파 사람들은 거룩한 제사만 지키게 해준다면 로마인들에게 기꺼이 성문을 열어주겠다는 약속을 했을 그런 사람들이었습니다. 그러면서도 안식일은 지켰지요! 사두가이파 사람들이 그 중에서도 가장 나빴습니다. 그들은 거만하고 타락했습니다. 매일 그들은, 점령자 로마인들의 우상인 황금 독수리 상 앞을 지나다니며 머리 숙여 절을 했습니다. 그들은 로마의 병사들에게서 과월절에 입을 예복을 얻어 입기를 부끄러워하지 않았습니다. (이 예복들은 로마 관리들만이 열 수 있는 상자에 숨겨져 있었습니다. 그리고 다윗의 군복은 사르투르누스* 축제동안 로마인들이 변장용 의복으로 사용했던 것으로 여겨집니다.)

그렇습니다. 예수 시대의 예루살렘의 모습은 이렇게 보였을 것입니다. 이스라엘의 조상들은 노예가 되었고, 대사제들은 품위를 잃었습니다. 신앙심이 약한 자들의 후예인 에사오*의 후손들이 승리자가 되었습니다. 이

방인들의 편에서 승리를 얻은 것입니다. 다윗 왕국은 망했습니다. 유다의 생각을 이해하고자 한다면 이런 상황을 머리 속에 떠올려야 할 것입니다. 유다는 아마도 — 오늘날까지 논란이 되고 있지만 — *가리옷 사람*이 아니고 *시카리*로 불렸을 수도 있습니다. 유다는 단검을 지닌 산적이었을 수도 있고, 애국자이자 반란자였을 수도 있습니다. 그는 혁명당원으로서, 예수의 도움으로 혁명을 일으키려 했던 사회반란자나 민족주의자였을 수도 있습니다. 로마인들을 추방하고 지배계층을 전복시킨 다음, 백성들에게 권력을 넘겨주는 것. 아래로부터의 혁명. 이런 것이 그의 본래의 계획이었을까요? 그래서 그는 나자렛 예수를 따랐던 것일까요? 라틴 아메리카 출신의 학자들은 이를 지지하는 발언을 했습니다. 그들의 논증은 매우 주도면밀하게 준비된 것이어서 반대자들조차 그 이론을 인정할 수밖에 없었습니다(그리고 우리의 대다수도 그것을 인정했습니다). 유다가 *유대 민족주의 혁명가*였다는 가설은 최소한 논지의 골격을 벗어나는 일은 없었습니다.

　당시의 상황은 다음과 같았습니다. 한편에는 부유한

사람들(지배계층에 협력하거나 동조하는 자들)이 있었고, 다른 편에는 백성들이 있었습니다. 전자에는 유력한 가문과 사제 그룹의 협력자들이 있었으며, 후자에는 평민들이 있었습니다. 사두가이파 사람들과 헤로데 일파, 바리사이파 사람들은 전자에 속했습니다. 그들은 권력과 이념을 갖고 있었습니다. 어둠 속에서 어렵게 살고 있는 가난한 사람들은 후자에 속했습니다. 전자는 예수의 적이었고 후자는 예수의 동료였습니다. 전자는 수가 적지만 막강한 적이었고, 후자는 수는 많지만 무력한 동맹자였습니다. 전자는 작은 그룹이지만 잘 조직되어 있으며, 권력 투쟁의 경험이 있고, 늘 기회를 잡으려고 벼르는 집단이었습니다. 후자는 아는 것도 없고 교육도 받지 못했지만 호산나를 외치는 군중이었습니다. 선과 악이 정확히 분리되어 있었습니다. "대사제들과 바리사이파 사람들이 예수의 비유를 들었을 때, 그들은 예수를 잡고 싶었으나 백성을 두려워했다. 왜냐하면 백성은 예수를 예언자로 생각했기 때문이다."

사실상의 전선이 뚜렷하게 드러났습니다. 주님께서는 전자의 무리에게 언동을 조심하라고 공식적으로 경고하셨습니다. 주님께서 축복을 내려주신 무리는 후자였습니다. 즉 예수께서는 착취하는 사람들과 착취당하는 사람들을 구별하셨던 것입니다. 나자렛 예수는 가난한 사람들을 대신하여 부유한 사람들과 싸웠던 것으로 여겨졌습니다. (*사회적 선동*의 개념이 라틴 아메리카 학자들의 소견서에서 핵심어의 성격을 지니고 있다는 사실은 놀라운 일이 아닙니다. 그들은 이 말을 여기서는 *혁명을 선전하는* 활동이라는 의미로 사용하고 있습니다.) 예수께서는 군중에게 이렇게 말씀하셨습니다. "모세의 자리에 율법학자와 바리사이파 사람들이 앉아 있다. *그들이* 짐을 꾸리고 있다. 그 짐을 *너희들이* 지게 될 것이다. *너희들의* 어깨로 그 무거운 짐을 감당해야 할 것이다. 하지만 *그들은* 손가락 하나 까딱하려 하지 않는다." 주님께서 양의 무리 중에서 염소를 골라내려는 의미로 이 말을 하셨다는 것은 의심할 여지가 없습니다. "이리로 오라!" 양들을 주님의 오른편으로 부르시는 말씀입니다. "이리로 오라! 남의 종이 되어 무거운 짐을 진 자들아, 내게로 오라, 내가 너희의 짐을 벗게 하리라." 그 반대의 방향인 왼쪽은 염소들이 가는 방향입니다. "내 집은 기도하는 집이라 불려야 한다. 그런데 너희는 강도의 소굴로 만들었다." (이것은 성전 안의 사두가이파 사람들에게 한 말입니다.) "너희들 위선자들아, 왜 나를 시험에 들게 하느냐?"(이것은 헤로데 당원들에게 한 말입니다.) "율법학자들아, 너희들은 화를 입을 것이다! 너희는 하늘나라의 문을 닫아 놓고는 사람들을 가로막고 서서 자기도 들어가지 않으면서 들어가려는 사람마저 못 들어가게 한다."(이것은 바리사이파 율법해석학자들에게 한 말입니다.) 그리고 이스라엘의 적, 늑대와 시온의 딸*을 심판하겠다고 말씀하셨습니다. 다윗의 왕국을 다시 일으켜 세울 자로 예언된 그 왕이 바로 예수였다는 것을 유다가 믿게끔 만들었을 여러 가지 정황이 확실하게 느껴지지 않습니까?

그러나 유다는 예수가 바로 그 왕이라는 것은 믿었으면서도 성공에 대해서는 확신을 갖지 못했다고 라틴아메리카의 학자들은 말했습니다. 유다가 귀 기울여 듣고 나름대로 판단하려고 했던 예수님의 말씀은 너무나 모순투성이입니다. 나자렛 예수가 진정한 이스라엘의 왕

이라고는 하지만, 그는 하늘의 하느님이 아니라, 땅의
심판자라는 말이 자주 나타납니다. 무엇보다도 아버지
와 어머니, 딸과 아들을 갈라놓기 위해서 칼을 가지고
왔다는 등의 이야기가 나타납니다. 예수께서는 말씀하
셨습니다. "나는 평화를 주려고 온 것이 아니다. 너희의
집에 분란을 일으키기 위해서 온 것이다." 또한 성전 안
에서 탁자를 집어던지시고 진열대를 뒤집어엎으셨던
것과 같이 폭력 행위를 하시기도 했습니다. 적들에 대
해서는 저주를 퍼부으셨습니다. *너희 눈먼 지도자들
아, 너희 위선자들아, 너희들은 화를 입을 것이다.* 그
리고 자신을 따르는 사람들에게는 경고를 하셨습니다.
"나를 따르지 않는 사람은 나를 반대하는 사람이다. 나
와 함께 양을 치는 목자가 아닌 자는 늑대이다!"

그리고 다른 측면에서 유다를 불안과 의심에 빠뜨렸
던 것으로 추정할 수 있는 말들이 다시금 나타났습니
다. 만일 자신이 추종하던 사람이 결코 이스라엘의 구
원자가 아니라, 당시 동서남북으로 광야를 누비며 황홀
경에 찬 말로 왕국이 가까워졌음을 선포하고 최후의 심
판과 무덤이 열릴 것을 이야기하던 수많은 순회 설교자

중의 하나에 불과했다면, 그렇다면 그는 사기꾼이었을까요? "너 베들레헴아, 나의 백성 이스라엘의 목자이신 주님께서 너로부터 나오실 것이다" 하는 예언자 미가의 예언을 자신과 자신의 출생지에 도용한 사기꾼이었을까요, 혹은 분파주의자였을까요?

예를 들어 예수가 시온의 적*들을 저주하면서도 동시에 평화로운 관계를 유지했다는 것은 어떻게 설명할 수 있을까요? 유다는 이 점을 스스로 자문해 보아야 했습니다. "카이사르*에게 지불할 것은 카이사르에게 주어라. 하느님께 드려야 할 것은 하느님께 드려라." 적대자들이 그토록 쉽게 이해했던 이러한 이중적 언어가 사실은 불확정적이고 수수께끼 같으며 불확실하지 않습니까? 율법학자와 대사제들의 말과 실천. 예수께서는 그들의 말은 변호합니다. *그리고* 그들의 실천은 비판합니다. 그래서 다시금 불확실해집니다. 예수님은 율법의 규정을 일점 일획까지 지키는 안식일 비판자란 말입니까? 바리사이파 사람들을 비판하기 위해 바리사이파적인 방법으로 율법의 구절들을 해석하는 바리사이파 사람이란 말입니까?

한 때는 주인이라고 했다가, 한 때는 종이라고 하기도 했습니다. 오늘 칼에 대해 이야기했더라도, 내일은 십자가, 제물을 올리는 사제, 희생양에 대해서 말하게 될 것입니다. 전쟁터의 군인처럼 또 동시에 어린아이처럼 이야기할 수 있는 이 여호수아는 실제로 누구인가? 그는 비밀을 숨기려고 했는가? 유다는 그것을 꼭 알아야만 했습니다. 의심은 참을 수 없었습니다. 결국 그에게 필요한 것은 *어쩌면* 예수가 예언자들이 예언했던 바로 그 사람일 수도 있다는 것이었습니다. 혹시 그가 맞을까? 만약 그렇다면? 유다는 더욱 확실한 것이 필요했습니다. 그리고 확신을 얻기 위해서는 한 가지 가능성밖에는 없었습니다. 즉 예수께서는 틀림없이 진실을 말하도록 강요받았을 것입니다. *강요하는 것*, 그것이 해결책이었습니다. 그는 *이것도 되고 저것도 되는* 것이 아니라, 오직 *둘 중에 하나*만을 선택해야 하는 상황에 처해 있었습니다. 백성들이 폭군을 몰아내거나, 폭군이 백성을 폭력으로 다스리는 것, 둘 중의 하나가 있을 뿐이었습니다. 혁명이냐 구체제냐. 이스라엘이냐 로마냐. 예스냐 노냐.

유다는 계산을 해 보았습니다. 백성과 점령국, 가난한 자와 부유한 자의 대립이 중요하게 부각되고, 나자렛 예수가 그 중심에 서는 상황을 야기할 수 있는 어떤 묘안이 있는가? 유다는 자문해 보았습니다.

그러다가 갑자기 그는 근본적으로 모든 것이 아주 간단하다는 것을 알아차렸습니다. 간단한 방법이 *있었습니다.* 모든 것을 해결할 수 있는 완벽한 술책, 바로 배신이었습니다. 이를 위해 유다는 자신을 희생해야만 했습니다. 그에게 다른 선택의 여지는 없었습니다.

정녕 다른 방법은 없는 것일까? 유다는 곰곰이 생각해보았습니다. 만일 희생양으로 다른 사람을 선택한다면? 그 대신에 다른 누군가가 그 일을 할 수 있지 않을까? 혹시 베드로가 할 수는 없을까? 그러나 오래 생각하면 할수록, 계획을 세운 사람인 자신이 그것을 실천에 옮겨야 한다는 것이 분명해졌습니다. 이것은 *그의* 일이었습니다. 유다는 이미 너무 오래 망설이고 있었던 것은 아닐까요? 그는 밤마다 잠 못 이루고 불안에 떨며 해결책을 찾아 헤맸을까요?

유다는 근거 없는 불안감에 싸여 있었습니다. 모든

것을 상세하게 점검해 보지 않았던가? 도대체 다른 어떤 일이 일어날 수 있겠는가? 유다는 대사제들에게 가서 그들에게 예수가 어디에 머무르고 있는지 알려줄 필요가 있었습니다.

게쎄마니에 그가 있소. 거기서 당신들은 그를 만날 수 있을 것이오. (이것이 첫번째 단계였습니다.) 그러나 대사제들은 유다를 의심할 수도 있었습니다. *네가 왜 우리에게 왔느냐? 너도 예수를 따르는 사람 중의 하나가 아니냐?* 그러면 그는 이렇게 말했을 것입니다. *전에는 그랬지만 이제는 더 이상 그를 따르지 않을 것이오.* 그 말을 듣고 그들은 아무 말도 하지 않았을 것입니다.

예수는 계명을 어겼소. 유다는 말했을 것입니다. *그는 안식일을 모독했으며 우리에게 손을 씻으라고 한 율법을 무시했단 말이오. 그는 이런 말도 했소. "새 포도주는 새 부대에 넣어라." 이 말은 당신들을 반대하는 말이오!* 그러나 그들은 여전히 아무 말도 하지 않았을 것입니다. (예수의 죄목을 더 분명히 제시해야 했습니다.)

71

그는 말했소, *"내가 메시아다."* 그는 말했소, *"성전은 파괴될 것이다."* 그는 말했소, … 그러나 대사제들은 계속 유다를 쳐다보며 아무 말도 하지 않았을 것입니다. (유다는 계속해서 더 말해야 했습니다.)

나는 "예수를 보호해 주는 사람은 율법과 예언서를 어기는 것이다" 하는 당신들의 지명 수배서를 읽었소. 나는 그런 일을 하지 않을 것이오. 나는 유대교를 믿는 사람이오. 나는 유대인이란 말이오. 그러나 유다는 대사제들이 여전히 아무 말도 하지 않으려 한다는 것을 눈치챘을 것입니다. 오히려 대사제들은 *유대교를 믿는다*는 말에 표정을 찡그리고 입을 비쭉거리며 씩씩거렸을 것입니다. *유대교를 믿는다고?* 그들 중 한 사람은 돌아보며 조롱했을 것입니다. *저 사람이 유대교를 믿는다는군!* 유다는 그들의 태도가 보여주는 의미를 깨달았을 것입니다. 이제 때가 되었습니다. 유다는 가장 어려운 단계인 두번째 단계를 밟아야 했습니다.

빚이 있소. 돈을 주시오.

마침내 그들은 수긍을 하고 고개를 끄떡이게 되었을 것입니다. *얼마면 되겠는가?*

이제 일은 결정적인 순간을 맞게 되었습니다. 유다가 너무 많은 돈을 요구하면, 모든 것을 잃을 수도 있었습니다. *우리는 예수가 그만한 돈의 가치가 없다고 생각한다네* 하고 그들이 말할 수 있었습니다. 반대로 너무 적은 돈을 요구하면 대사제들이 유다를 의심할 위험이 있었습니다.

은전 서른 닢이오. (대사제들은 아마도 조금씩 흥미를 느끼며 서로를 바라보았을 것입니다.)

더 필요하진 않는가?

그렇소.

어째서 서른 닢뿐인가?

그 돈이면 땅을 조금 살 수 있소. 도시 밖의 전답 말이오.

좋다. 돈을 주겠다. 그러나 대사제들은 계속 머뭇거렸을 것이고, 그 순간 자신이 결국엔 민족주의 테러리스트인 시카리가 되어야 한다는 것을 알고 있던 가리옷 유다는 세 번째 단계로 나아가야 했습니다. *나는 당신들과 함께 갈 테니 나를 믿어도 되오. 내가 예수에게 키스할 것이오. 그는 이제 잡힌 거나 다름없소.* 마침내 대

73

사제들이 성전 보물을 보관하고 있는 곳에서 은전을 가져왔을 때 유다는 다음과 같이 생각했을 것입니다. *이제 이 돈을 하나하나 세어 보아야 해. 사람들이 날 주시하고 있을 테니까. 나는 믿을 만하게 굴어야 해. 그리고 다음과 같은 말을 해야 되겠지. "조심해야 할 거요. 그의 제자들이 그를 보호하려 할 것이오. 그들은 무기가 있소. 경비병들을 데리고 가시오. (아홉, 열, 열하나) 그리고 로마인들에게도 알리시오. 당신들은 최소한 하나의 코호르테* 병력이 필요할 거요. (이 은전은 더럽군.) 깨끗한 것으로 주시오. 그보다 두 배의 병력이면 충분하지만, 완벽을 기하려면 세 배의 병력을 데려 오시오. (열여섯, 열일곱, 열여덟) 그리고 확실하게 잡아야 합니다. 예수는 아주 강한 남자요. 싸우지 않고는 잡을 수 없을 것이오. (스물넷, 스물다섯) 내가 예수를 잘 아는데 그는 성깔이 있는 사람이오. 그가 탁자들을 뒤엎어 버렸던 일을 생각해 보시오. 성전에서 장사꾼들이 진열대로 쓰던 그 탁자들을 말이오." (스물아홉, 서른. 이제 이 돈을 주머니에 넣고 나가자!)*

　나무랄 데 없는 계획을 세웠던 것입니다. 유다는 계

획을 자주 점검해 보았습니다. 그는 자신의 계산으로는 아무런 흠도 찾지 못했습니다. (*계산,* 이것이야말로 유다에 대한 해석을 달리하는 세 부류의 사람들이 모두 지지하는 핵심개념이었습니다. 이 점에 있어서는 대체로 의견이 일치하고 있습니다.) 제도판에 그려진 설계도는 일관성이 있고 정확해야 합니다. 혁명의 수학도 마찬가지입니다. 이것의 실현은 결과가 명백한 것처럼 보입니다. 하나하나 단계적으로 이루어집니다. 대사제들은 유다의 말을 듣고 군대를 데리고 올 것입니다. 시카리인 유다가 신호를 보내면 군인들은 막대기와 밧줄, 창과 칼을 들고 공격을 할 것입니다! 제자들은 방어를 하겠지만 불빛이 희미해질 것입니다. 몇 시간 동안은 계속 그럴 것입니다. 그러나 곧 불길이 치솟아 오를 것입니다. 백성의 대변자인 예수는 점령국 병사와 가증스러운 경비병들의 폭력을 당하고 마지막 희망이 사라지는 것처럼 보일 것입니다. 농부와 소작인, 미장이와 어부의 형제가 모욕당하고 고문당할 것입니다. 그것이 봉기의 신호입니다. 혁명이 시작됩니다. 백성들은 무기를 들고 게릴라들은 돌격하여 총독 관저를 점령합니다.

용감한 사람들의 무리는 총독을 체포합니다. 혁명당원들은 성전을 점거합니다. *이제 시카리의 시간입니다.* 이제 예수가 결정을 내려야 할 순간이 됩니다. 이것이 유다가 의도했던 상황입니다. "여호수아여, 이제 당신은 색깔을 결정해야 합니다. 백성이 당신을 구해주었습니다. 그러니 그들에게 당신의 정체를 말하십시오. 당신이 메시아임을 밝히고 봉기의 선두에 서십시오. 그러면 이스라엘은 해방됩니다. 그렇게 하지 못한다면 당신은 사기꾼입니다. 그러면 우리는 패할 것입니다. 그리고 우리의 나라를 잃게 될 것입니다."

그래서, 그런 이유로 배신을 했던 것입니다. (*유다는 예수를 배신하는 척 했을 뿐이라고* 세인트루이스 출신의 전문위원인 T 주교가 말했습니다. 그는 증인석에서 라틴 아메리카 출신의 전문위원들을 대변하고 있었습니다.)

그래서 키스를 했던 것입니다. (만일 예수가 진정한 메시아였다면, 유다의 몸짓을 이해했어야 합니다. 예수는 추적자들의 신호가 예수 자신을 위한 신호였다는 것을 먼저 알았어야 합니다. *당신의 시간이 되었*

습니다!)

그래서 마침내 계약을 맺을 때 요구할 액수가 결정되었던 것입니다. ("은전 서른 닢은 시카리인 나 유다가 예언자 즈가리야처럼 야훼의 위임을 받아 행동한 것을 의미합니다.")

정말로 일관성 있는 계획이었습니다. 게다가 외관상으로는 모든 위험을 피할 수 있을 것 같은 계획이었습니다. 예수가 메시아였다면, 그리고 강요에 의해서라도 이 계획을 선택했더라면, 이스라엘의 승리는 더 빨리 이루어졌을 것입니다. 그렇다면 유다가 받은 은전 서른 닢은 우유부단한 그리스도가 목표했던 것보다 해방이 훨씬 빨리 온다는 것을 의미하고 있었던 것입니다. 이와 반대로 예수가 단지 메시아 역할을 맡고만 있던 것이었다면, 백성들은 예수가 다윗 가문 출신이었다는 사실 정도를 겨우 알 수 있었겠지만, 그래도 그들은 사이비 사제를 위한 헛된 행동일지라도 영원토록 노예의 삶을 사는 것보다는 낫다고 생각하고 어쩔 수 없이 봉기를 일으켰을 것입니다!

그러나 이러한 **두 *가지 가능성*, *예* 아니면 *아니요*, 승

77

리 아니면 *패배*는 예수와 백성들에게만 해당되는 것은 아니었습니다. 그것은 유다에게도 해당되었습니다. 예수가 구세주라면 유다는 자신의 배신이 갖는 의미에 대해서 백성들에게 설명할 수 있었을 것입니다. 만약 예수가 메시아가 아니라면 백성들은 이 시카리를 적의 동조자로 처형했을 것입니다. 그러나 유다는 이것을 두려워하지는 않았습니다. *혹시라도* 그가 부담을 느끼는 것이 있다면, 그것은 예수가 체포되면 어떤 방법으로든 그의 본래의 정체가 밝혀지게 되어, 그것이 전투를 시작하려는 백성들의 의지를 꺾을지도 모른다는 생각뿐이었습니다. 이러한 두려움은 결과가 말해주듯이 유다의 극단적인 계산에 기인한 것이었습니다. 유다의 계산은 하나의 잘못된 가정에 근거를 두고 있었습니다. (칠레와 브라질, 파라과이에서 온 형제들도 이렇게 생각했습니다.) 유다는 예수가 신뢰하기 어려운 가짜 메시아이거나, 다윗 가문 출신의 왕이라고 생각했습니다. 즉 사이비 사제이거나, 아니면 자기 백성들에 의해 게쎄마니에서 추대될 될 심판자라고 생각한 것입니다. 그래서 유다는 '수도복'을 '왕의 외투'로 바꿀 수 있다면, 그렇

게 되면 다음과 같은 일이 일어날 거라고 생각했습니다. *헤로데는 광산으로 보낼 수 있다! 가난한 사람들은 궁궐로 들어갈 수 있다!*

그러나 유다의 생각은 잘못되었습니다. 그의 계산은 맞지 않았습니다. 그 실행 방법은 매우 논리적이었는데도 그렇게 되었습니다. 그 일의 끝마무리도 아주 빈틈이 없어 보였었는데도 그렇게 되었습니다. 아니면 교활한 책략과 폭력을 사용하여 다른 사람을 막다른 처지로 몰아가려는 사람이 생각해 낸 것이란 것은, 아무리 역설적으로 표현한다 하더라도 빈틈이 있을 수밖에 없으며, 결국엔 자신도 오직 *예*냐 *아니오*냐, *죽음*이냐 *삶*이냐를 선택해야 하는 상황에 직면하게 되는 것일까요? 시카리인 유다는 첫 단계를 밟았기 때문에 그는 마지막 단계도 실행해야 했습니다. 그러나 그가 계산하지 못했던 네 번째 단계가 있었습니다. 그것은 가정과 현실의 일치였습니다.

라틴 아메리카 출신의 학자들이 논증하는 일에 능숙하다는 것은 의심할 여지가 없습니다. 유다의 계획이 논리적이었다면 그들의 논증은 더욱 더 확실했을 것입

79

니다. 하지만 그 논증도 모순이 없이 이루어졌고, 또한 유다의 계산과 일치하지만, 결정적인 실수를 하고 있었습니다. 그것은 아쉽게도 성서 텍스트의 지원을 받지 못했다는 것입니다. 유다가 민족주의자이고 사회혁명가라는 가설은 문학적 창작일 뿐입니다.

그래서 우리는 짧은 논쟁 끝에 두 번째 논제를 기각하게 되었고, (P 주교는 자신의 당연한 권리였는데도 표결에 기권을 하였습니다) 세 번째 논제를 다루게 되었습니다. 그것은 도미니크 수도회 회원 형제들이 주장한 것인데, 내용은 다음과 같습니다.

대주교 – 세 가지 논제 ③ : 종말론적 논제

도미니크 설교 수도회의 사제단인 우리는, 가리옷 사람 유다가 배반 행위를 통해서 영원한 그 날을, 즉 최후의 심판과 시대의 종말을 앞당기려고 했기 때문에 예수를 배반한 것이라는 의견을 제시하는 바입니다. 유다는 신심이 깊은 사람이었다고 우리는 생각합니다. 그는 스승의 말을 믿고, 스승의 말을 글자 그대로 받아들인 제자였습니다. 다른 사도들이 — 베드로도 예외가 아니었습니다 ― 예수의 가르침을 형이상학적인 방법으로 해석하고, *불꽃, 천사의 무리, 죽은 자들의 부활* 같은 개념을 모호하게 말을 돌려서 표현한 것으로 보았던 반면에, 유다는 우리 주님께서 "하늘나라가 다가왔다" 말씀하신 것을 신학적으로 꾸며낸 말이 아니라 진실이라고 굳게 믿었습니다. 그에게 *지금*은 정말로 *지금*이었고, *여기*는 현실의 *여기*였으며, *오늘*은 *미래의 어느 때*가 아닌 바로 *오늘*이었습니다.

자신이 살아있는 동안 최후의 날이 꼭 올 것이라고 유다가 굳게 믿고 있었다는 것이 우리 주장의 핵심입니다. 가리옷 유다는 최후의 심판을 체험하게 될 것으로 생각했습니다. 세상의 개벽, 하느님의 영원한 시간을 맞이하게 되리라고 생각했습니다.

유다는 예수께서 권능과 영광의 빛을 번쩍이시는 날의 증인이 되시리라고 생각했습니다. 그는 예수께서 하늘에서 내려오시어 죽은 자들을 당신에게로 불러 모으실 때에, 바로 그 현장에 자신이 있을 것이라고 생각했습니다. *지금! 바로 이 순간에 그 일을 이루소서!*

예수께서 "때가 다 되어 하느님의 나라가 다가왔다"

81

말씀하셨을 때, 유다는 그 때를 몇 시대가 지난 후의 어느 날로 생각하지 않고, 몇 주나 몇 년이 지난 후의 어느 날로 생각하였다고 우리는 주장합니다. 우리 주님께서 "천사가 나타나고 악인들이 출현하는 날이 올 것이다" 가르치셨을 때, 그것이 유다에게는 우의적 표현이나 시적인 비유가 아니었습니다. 그의 눈앞에는 악인들을 집어넣을 불타는 지옥이 떠올랐습니다.

유다의 믿음은 무조건적이었고 종말에 대한 그의 생각은 끝이 없었습니다. 밤마다, 다른 제자들이 잠자는 동안에, 그는 별자리를 관측했습니다. 주께서 "해는 어두워지고 달은 빛을 잃을 것이다. 별들은 하늘에서 떨어지며 모든 천체가 흔들릴 것이다. 그러면 사람의 아들의 징표가 나타날 것이다. 그 때에 사람의 아들은 구름을 타고 권능을 떨치며 영광에 싸여 오게 될 것이다" 말씀하셨는데 그가 어떻게 잠을 잘 생각을 할 수 있었겠습니까? 유다(우리는 그를 *우리 유다* 라고 불렀습니다)는 깨어 있어야 했습니다. 그것도 항상 깨어 있어야 했습니다. 예수께서 말씀하셨습니다. "밤의 도둑과 같이, 번개와 같이, 홍수와 같이 나는 올 것이다. 아무도 나를 기대하지 않을 때, 어둠 속에서 은밀하게, 마치 생각이 떠오르듯 불현듯이 닥쳐올 것이다!"

깨어 기다리고자 한 유다의 행위가 유별난 일이었을까요? 꿈을 꾸는 사람처럼 그는 이리저리 다니면서 결정적인 그 날을 암시하는 징후를 살폈습니다. 예수께서 말씀하신 그 날은 모든 것이 새롭게 되는 날입니다. 벌써 땅이 흔들리기 시작했고 — 반드시 주목해야 할 중요한 징후였습니다 — 태양의 색깔은 변했습니다. 빛은 어두워졌습니다. 밤이 밝아졌습니다. 거짓 예언자들은 떼를 지어 나타났습니다. 거짓 구세주의 무리가 마술과 기적을 행했으며, 사람들은 놀라 그들의 예언을 듣고 혼란에 빠졌습니다. *주님이 광야에 계신다.* 그들이 외쳤습니다. *너희 스승이 집 안에 계신다.* 그들이 외쳤습니다. *보아라, 메시아다! 저기 계신다. 기름부음을 받으신 분이 계신다!* 벌써 독수리들이 떼를 지어 나타났습니다. 독수리들은 먹이를 기다리고 있었습니다. 무덤이 열릴 때 여기저기 땅 위에 버려져 있을 저주받은 자들의 시체들을 — 산처럼 쌓여 있을 뼈와 썩은 살을 — 먹으려고 기다리고 있었습니다!

유다는 기쁨과 기대감으로 몸을 떨었습니다. 열광의 순간이었습니다. 불안감은 환희에 희석되었고 혼란스럽던 마음은 예지의 확신으로 바뀌었습니다. 드디어 그 날이 왔습니다. 마치 하늘에 달과 해가 동시에 떠 있는 것 같았습니다. 예언자들이 예언했던 모든 일들이 나타났습니다. 그 날이 왔는데도, 사람들은 그것을 모르고 있었습니다. 그래서 예수께서는 그들에게 경고를 하셔야 했습니다. *회개하라! 복음을 믿어라. 산으로 도망가라! 곧 겨울이 될 것이다! 그리 되면 너무 늦는다.* 예수님의 말씀을 듣고 유다는 사람들을 거리와 들로 서둘러 몰아내야 했습니다. *임신한 여자들은 불행하다* 하신 말씀에 유다는 여인들에게 그 말을 전해야 했습니다. *이 날에 젖먹이는 아이가 딸린 여자들은 불행하다.* 그리하여 유다는 임신을 하지 않도록 경고해야 했습니다. 그는 도처에서 활약을 해야 했습니다. 가리옷 유다는 심판의 전령이었습니다.

그러나 시간은 흘러갔습니다. … 그리고 아무 일도 일어나지 않았습니다. 유다에게 의심이 — 이처럼 이해할 수 없이 그 날이 계속 지체되는 것은 무엇을 의미하는 것일까? — 하는 의심이 처음으로 들기 시작한 위기의 순간이 이 때쯤이었겠지요? 그리고 유다는 그 날이 지체되는 이유를 알려고 했겠지요? 온갖 징조가 영광의 날을 예견할 수 있게 했었음에도 왜 그 날이 오지 않았는지 납득할 만한 증거를 찾으려고 했겠지요?

그리고 나서 — 이것은 심사숙고한 우리의 생각입니다 — 유다는 갑자기 모든 것을 결정해야 한다는 생각을 틀림없이 품었을 것입니다. 심판의 날을 강요할 수 있는 가능성이 있다면 어떻게 해야 할까? 망설이며 비탄과 두려움에 사로잡힌 주님을 영광 가운데 드러내도록 하는 상황으로 몰아가는 방법은 무엇인가?

예수께서는 왜 망설이고 계시는 것일까? 무엇을 두려워하고 계신 것인가? 왜 은신처와 인적이 드문 피신처를 더 좋아하시며, 저녁마다 도시를 떠나 멀리 떨어진 외진 지역과 아무도 모르는 집을 찾아다니시는 것인가? 황혼을 선호하시고 수수께끼 같은 밤의 유희를 좋아하시는 것, 그런데도 *그것을 아무에게도 이야기하지 말라. 더 이상 말하지 말라* 하며 비밀스럽게 명령하신 일, 또한 유다를 제외하고는 아무도 말 그대로 받아들

85

이지 않는 예수님의 말씀 속에 부유(浮游)하고 있는 이중적이고 애매모호한 그런 의미, 이런 모든 것들을 어떻게 설명할 것인가? 나자렛 예수께서 누구를 두려워하고 계신지, 유다는 스스로에게 물어보았습니다. 누구를 무서워하고 계신 것인가? 혹시 악마인가? 베엘제불인가? 악마는 그러나 패배했습니다. 악마의 카드는 공개되었고 더 이상 내놓을 카드가 없었습니다.

앗, 그렇지! 악마는 영원한 패배자라는 사실을 깨닫고 유다는 놀랐습니다. 그러나 그렇다면 함께 게임하던 한 사람이 자리를 떠나 사라져 버린 꼴이 아닌가! 그렇다면 그리스도께서 내쫓으셨던 *무법자* (예수께서 밤에 들판에서 말씀 중에 악마를 이렇게 부르셨습니다)를 무대 위로 복귀시켜 게임의 파트너로 삼아야, 비로소 *종말이 다가왔다. 문 앞에 이르렀다* 하신 예수의 말씀이 실현 가능하게 될 것입니다. 악마가 직접 예수의 파트너가 되거나 악마의 추종자 중 하나가 그래야 했습니다. 어쨌든 모든 신들을 얕보고 무시할 수 있는 자가 필요했습니다. 유다와 같은 그런 자가 필요했겠지요?

그리스도의 적인 유다. 오직 예수의 생전에 최후의

86

심판이 있을 것이고, 악마가 없다면 구원의 그 날이 올수 없다는 것을 믿었기 때문에 스스로 악마의 자리에 서고자 했으며, *완전한 부재(不在)를 통해 승리하려던 악마의 계획* (우리가 사용하던 상투적인 말입니다)을 분쇄하기 위해서, 그리스도를 위해서 악마의 역할을 담당하겠다고 결심했던 유다. 그래서 유다는 예수를 도우려 했으며, 자기의 희생으로 예수님의 영광을 가로막는 마지막 장애물을 제거할 수 있다고 믿었기 때문에, 대사제에게 가서 자신의 주인을 밀고했던 것입니다. 이제드디어 예수는 당신 자신이 영원 전부터 메시아였고 … 내일도 또한 메시아임을 나타낼 수 있었습니다.

세상의 종말이 올 내일도.

재판정이 전문위원으로 임명한 우리 도미니크 설교수도회의 사제들은 소위 가리옷 유다의 배신은 사실상한 사도의 사랑의 섬김이었다는 견해와, 성부께서 성자의 몸 안에서 성육신해야 했듯이 악마도 한 인간 안에서 인간의 모습으로 나타나야 한다는 생각을 하느님께서 그에게 넣어주셨다는 견해를 가지고 있습니다. 인간의 모습으로 나타남이, 선과 악, 이중으로 되지 않고는 종말은 도래하지 않습니다. 그리고 종말이 없으면 하느님의 왕국이 열리지 않습니다. 그것은 유다 없이는 인류의 구원도 없다는 것을 의미합니다. *그의* 배신은 우리 구원의 전제조건입니다.

여기까지가 도미니크 수도회원들이 투표 결과와 함께 법정에 제출한 소견서입니다. 이 소견서에서, 예수께서 게쎄마니에서 그리스도 즉 기름부음 받은 이로 등장하리라는 것을 유다가 믿고 있었다는 사실이, 요한의 복음서에 나와 있듯이, 성서 본문을 통해서 입증된 것으로 본다는 가설을 몇몇 사제들이(소수임을 유의하십시오) 주장했습니다.

"내가 그 사람이다."(이는 하늘에서 들려오는 소리입니다!)

그들은 넘어졌다.

아마도 유다가 사랑의 배신행위를 통해서 실현하고자 했던 그 심판의 날에 대한 서술을 이러한 말과 함께 시작할 수도 있었을 것이라고 도미니크 수도회원들은 생각했습니다.

전문위원들은 나무에 매달려 고귀한 죽음을 맞이했던 그의 최후에 관해서 , 유다가 자신이 알기에 극심한 불안에 빠져 있던 주인을 오로지 돕기 위해서 목매 자살한 것인지 검토해 보도록 법정에 부탁하였습니다. 그가 살아 있는 동안 예수를 돕는 데 실패했다면, 또 그가 하느님의 계획에 부당하게 개입하여 악마의 역할을 한 것이 그가 잘못 생각하여 벌인 일이라는 걸 알았다면 (그는 *잘못* 생각했던 것입니다), 그는 사형에 처해질 자기 주인을 최소한 그대로 내버려두고 싶지는 않았을 것이라는 것이 몇몇 사제들의 생각이었습니다. (그들은 유다가 용감했다는 것을 예수께서 인정하셨어야 했다고 생각했습니다. ― 나도 이제 죽을 것이다. 나의 죽음이 이토록 힘든데 유다의 죽음은 훨씬 더 힘든 것이었으리라. 그대가 나의 길을 먼저 앞서 가 주어 고맙구나, 형제여!)

　그리고 또한 게쎄마니 동산의 키스뿐만 아니라 옹기장이의 밭에서 자살한 것 역시, 유다의 배신이 사실은 예수를 사랑했기 때문에 일어난 결과라는 가설의 증거가 된다고 과감히 주장하고 있는 이러한 해석을 고려하여 도미니크 수도회원들의 특별 투표는 완료되었습니다.

그러나 법정은 이 증거와 도미니크 수도회원들의 변론이 근거를 두고 있던 다른 증거 또한 승인하지 않았습니다.

이와 함께 결국 모든 논제가 폐기되었습니다. 첫 번째 논제는 신학과 별 관계가 없는 풍속도(風俗圖)에 근거하고 있기 때문이었으며, 두 번째와 세 번째 논제는, 우리들 생각으로는, 학문을 뛰어넘는 공상과 성서의 해석을 뛰어넘는 억측이 너무 많이 있었기 때문이었습니다. 기발한 가정은 그것을 생각해낸 사람의 머리가 대단히 명민하다는 것을 입증해 주지만 그 이상은 아닙니다.

심문이 끝날 무렵이 되자 유다에 대해서 어느 정도 판단이 이루어졌습니다. 증인 심문은 고통스러운 경직성보다는 지적인 학회의 성격을 지니고 있었습니다. 유다는 하찮은 사기꾼도 아니었으며, 혁명의 신학자도 아니었으며, 우리 교의학자가 "초기기독교의 절박한 구원 기대"라는 말로 표현한 신앙관의 옹호자도 아니었습니다. 그렇다고 해서 그가 또한 이 모든 것을 다 합한 존재도 아니었습니다. A와 B와 C의 성격을 총괄적으로 모두 가지고 있는 존재로 보고자 하는 것은 어처구니없는 일이 될 것이라는 점을 강력히 강조하고 싶습니다.

여기서 법정은 이런 저런 면에서 의견의 일치가 있었다는 사실을 결코 부인하지는 않았습니다. 예를 들어 세 가지 가설을 제시했던 세 부류의 사람들 모두가 유다를 다음과 같은 사도로 묘사했습니다. 즉 유다는 돈과 혁명, 그리고 종말의 현존 등 구체적인 것에 집착했으며, 그리고 존재하는 것이 단지 겉보기일 뿐이라고 주장한 가현설*과는 관련이 별로 없었던 것으로 서술되었습니다. 유다는 계산과 비판에 대한 재능만큼 상상력도 뛰어났던 사람이었다는 데에 증인들의 의견이 일치했습니다. (*현실에 대한 관심*이 많은 수학자와 같은 인물. 이런 모습의 인간이 세 번째 가설에도 적당합니다. 이러한 유다가 주님의 말씀을 글자 그대로 믿고 대담한 계획을 했다는 점에서는 신비주의자라기보다는 합리주의자로 보였을 것입니다.)

이제는 분명히 모든 견해가 다 중요합니다. 로마에

서의 사도 재판이 결국 성사된다면, 두 번째와 세 번째 견해 사이의 일치점과 차이점을 찾아낼 때와 마찬가지로, 의견의 합의는 매우 조심스럽게 이루어져야 할 것입니다. (동일한 상황을 그린 두 가지 경우가 모두 결론이 나지 않은 채 있습니다. 두 경우가 다 배신의 의미는 예수의 결심을 촉구하기 위한 수단이었습니다. 그런데 B의 경우, 행동하기 위한 확신이 필요했던 한 혁명당원이 혁명을 요구했으며, C의 경우에는 확신이 있었고 그래서 행동해야 했던 한 제자가 하늘나라가 빨리 오기를 요구했던 것입니다.)

진정한 유다가 미량의 A, 한 줌의 B, 한 덩이의 C 등과 같이 증류기로는 결코 증류해 낼 수 없다는 것을 처음부터 고려한다면, 모든 경우가 다 여전히 중요하고 각각 그 의미를 지니고 있습니다.

우리 세 명의 재판관은 증거들을 검토한 후에 한 번 더 처음부터 다시 시작했습니다. 우리는 베르톨트 신부와 비엔나의 윤리학자들, 라틴 아메리카의 신학자들, 그리고 예루살렘에서 온 저의 도미니크 수도원 형제들과 같은 출발점에 섰습니다. 같은 출발점에 서서 그들의 이론에 바탕을 두고 다시 시작했습니다. 그래서 우리는 그들보다 더 잘 살펴볼 수 있었습니다. (그것이 우리의 장점이었습니다)

　이미 설명은 충분히 했습니다. 그리고 벌써 글이 너무 길어졌습니다. 그래서 처음에 제출된 청원서가 지지를 얻게 되기까지의 과정을 격식에 맞게 간략히 요약해보겠습니다. 더 자세한 것은 모두 속기록에서 찾아볼 수 있습니다. 그리고 저는 가능하면 우리가 선택한 방법, 즉 *진행 방식*에 대해 먼저 설명하겠습니다.

세 재판관의 판결작업

대주교 – 세 재판관의 판결작업 : "원형의 세 모델"

우리는 1962년 1월 7일에 — 그 날은 아기 예수가 이집트에서 고향으로 돌아온 날이었습니다 — 일을 시작했고 늦어도 그해 성목요일까지는 문서 작성을 마쳐야 했습니다. 이 목표는 하느님의 도움으로 달성되었습니다. 그밖에도 우리는 우리가 일해야 할 기간을 주(週) 단위로 계산하여 3등분하는 데 동의했습니다. 그리하여 우선 예언자 성 아가보* 축일인 2월 13일 까지 우리는 서류들(신학, 철학적 수필, 문학 등의 분야에서 얻은 증언들)을 다시 한번 더 철저하게 분석하자고 했습니다. 사실 이것들은 우리가 재판을 준비할 때 이미 독파한 것들이지만, 더욱 세심한 눈으로 살필 수 있게 되었습니다. 이 일을 하는 우리의 의도는 자료들을 교의학에서 나온 특정한 범주들로 분류하고, 지금까지 제시된 가설들을 우리가 *원형(原型)의 세 모델*이라고 이름 붙인 세 가지 기본가설로 환원시키는 것이었습니다. 세 모델은 유다의 희생물로서의 예수, 예수의 희생물로서의 유다, 그리고 하느님의 계획을 위한 공동의 희생물로서의 유다와 예수입니다.

이 목표도 달성되었습니다. 유다에 관한 이론들은 성공적으로 체계화되었습니다. 우리는 두 번째 기간의 작업도 일정에 맞게 처리할 수 있었습니다. 어딘가에 교회법의 규정에 저촉되는 것이 있는지(결론은 '아니오'였습니다), 신앙검찰관에게 단호히 대응할 것을 부탁했을 법한 누군가가 — 증인, 전문위원, 재판관 — 그 이론들을 지지한 적이 있는지 질문을 제기하며, 이 법정을 조사해 볼 필요가 있었습니다. (M 수도원장은 토의에 소극적이었습니다. 우리는 그의 생각을 알지 못했습니다. 그러나 우리는 그가 어떤 경우든 이의를 제기하게 될 것이라는 추측을 했습니다.) 분명히 하기 위해서 우리는 소송 중 제기되었던 이론 및 주장, 전제, 억측 등 전체를 최고 수준의 전공학자들이 검토하도록 했습니다. 이때에 한편으로는 쌍방 중 어느 한 쪽에서 진술한 몇 가지 주장들은 교리적으로 매우 논란의 여지가 있는 것이었을 뿐만 아니라, 더 나아가 가끔 매우 경솔한 것으로 드러나기도 했습니다. 예를 들어 라틴 아메리카에서 온 형제들은 마태오의 복음서 23장 3절을 우리가 보기에도 무책임한 방식으로 요약했는데, 예컨대 "바리사이파 사람들이 너희에게 말하는 것은 다 실행하고 지켜라"는 예수님의 말씀을 빼먹은 것입니다. 그러나 다른 한편으로는 신학부의 전문가들은(우리의 질문은 신, 구교 공통의 정신으로 이루어졌기 때문에 그들은 가톨릭 신자와 개신교 신자로 구성되었습니다) 우리에게 논란의 여지가 많은 것으로 보이는 다양한 이론들을 확인하는 일을 했을 뿐만 아니라, 더 나아가 명백한 사실인데도 아직 우리에게는 논란이 되고 있는 문제에 대해서도 이야기했습니다. 튀빙엔의 교의학자들(두 명의 가톨릭 학자와 한 명의 개신교 학자였는데, 바르트*를 따르는 진보적인 개신교 학자가 여백에 메모를 해 두었습니다)은 그리스어

'paradidonai'를 이제 *배신하다*가 아니라 *넘겨주다*는 의미로 사용해야 할 때가 왔다고 설명을 했습니다. (배신자라는 개념은 루가의 복음서에서 단 한 번 나타난다고 그 교의학자들은 말했습니다. 그리고 이 말은 알다시피 유다에 대해 호의적이지 않으며, 오히려 악의에 찬 말을 한다는 점에 있어서는, 복음서 저자인 요한에 못지 않다고 그들은 말했습니다.)

그래서 이러한 점 때문에, *배신*이라는 개념을 사용하지 않는 것으로 의견의 일치가 이루어졌습니다. … 그렇다고 이 점에서만 의견이 일치했던 것은 물론 아니었습니다. 네덜란드 출신의 학자들은 유다의 입맞춤은 의문의 여지없이 사랑의 표시였다고 주장했습니다. 이 의견은 반박을 당하지 않았습니다. 유다만큼 예수께 가까이 접근했던 사람이 누가 있었는지 생각해 보라고 그들은 말했습니다. 가장 경건한 여인이었던 마리아가 예수님의 발에 — '발'이라는 사실을 주의하기 바랍니다! — 기름을 부었지만 유다는 자기 입술을 주님의 얼굴에 접촉했다고 그들은 말했습니다. (라이덴 출신의 이 성직자들은 설명하기를, 알브레히트 뒤러가 자신의 작품 『예수의 수난』에서 유다와 예수 두 사람만이 이 세상에 있는 것처럼 그렸는데, 그 이유를 이미 알고서 그린 것이었다고 했습니다. 사방에 칼과 분노의 몸짓들이 난무하는데도 그림 속의 예수와 유다는 그런 시끄러운 소리를 느끼지 못하는 듯이 포옹하고 있다는 것입니다.)

이와 같은 말들은 너무 놀라운 것이라 받아들이기가 어렵다고 해야 할까요? 고등교육기관에서 배우는 학문과 현장의 실제 활동인 교회에서의 설교 사이의 틈을 그들은 한 번 더 확인해보고 이런 말을 하는 걸까요?

영국의 신약학자 중 가장 연장자이며 영국국교도인 닐 Th 교수가 작성한 소견서가 도착했을 때 우리는 당황한 나머지 거의 혼란에 빠졌었다는 점을 말해야 할까요? 소견서는 우리가 "네가 하려는 일을 곧 행하라"는 번역이 원문에 부합되는지 질문했던 것에 대한 대답을 주었습니다.

"터무니없는 번역이오." Th 교수는 모든 것을 설명했습니다. "허튼 수작입니다. 이건 루터를 포기하지 않으려는 독일 사람들 탓입니다. 이 말은 가톨릭 신자들에게도 해당되는 말입니다. 곧 행하라는 말은 사실은 *빨리* 행하라는 말이고 *빨리* 라는 말은 결국 *더 빨리* 라는 것을 의미합니다. *빨리 일어나*는 일이면서 *네가 하려는* 일은 곧 *네가 하*는 일이지요." 그러나 닐 Th 교수는 더 나아가, 유다가 새로운 계약(新約)의 실행자이며 문자 그대로 심판의 집행자라는 것을 강조하기 위해서 *네가 하는 일* 을 주저 없이 *네가 해야 할 일* 로 번역하였습니다. *네가 해야 할 일을 빨리 행하라.* 이 말은 닐 Th 교수가 주도적으로 개입하여 옥스포드 성경에 들어가게 된 번역입니다. 루터로부터 벗어나 영국국교의 교리에 들어가게 된 번역이지요. 그는 현장에 참석하여 자신의 논리를 주장했다고 했습니다.

이러한 상황에서 고고학자들이 유대 원시기독교 학자들과 똑같은 대접을 받고 싶어했기 때문에 세인트루이스에까지 서신 왕래를 해야 했으며, 우리의 재판 분석의 결론을 두 번째 단계의 기한 내에 내리는 것은 생각할 수 없었습니다. 우리가 마지막이며 가장 어려운 과제를 시작해야 할 때인 성 롱기누스*의 순교 기념일인 3월 중반까지는 겨우 5주밖에 남아 있지 않았습니다. 이제 지금까지 이 가리옷 사람에 대해서 우리가 듣고 읽어서 알고 있던 모든 것을 다 잊어버리고, 제가 이미 말했듯이 처음부터 다시 한 번 더 시작하는 것이 중요했습니다.

그것 역시 매우 어려운 일이었지만, 우리는 성공했다고 저는 생각합니다. 좀 더 정확히 말하자면 이 문제를 단지 방향을 바꾸어서 바라보았기 때문에 성공했던 것입니다. 우리보다 먼저 이 문제를 다루었던 수 천 명의 신학자, 윤리학자, 저술가들은 *배신자의 정체는 무엇이었나?* 하는 질문에서 연구를 시작하였지만, 우리는 우선 *배신당한 자의 정체는 무엇이었나?* 하는 것을 질문했습니다. *그들이* 유다에서 출발한 반면 *우리는* 예수에서 시작하였습니다. 예수는 세 가지 해석의 중심부에 있었던 것입니다. (이 해석들을 일종의 *공식*이나 *모델*이라 부를 수도 있습니다.) 예비 심사 재판에 참여한 우리 재판관들은 이 해석들을 통해 가리옷 유다의 소송건을 해결하고자 했습니다. 제가 앞에서 언급했던 원형(原形)의 세 모델이라는 의미에서의 세 가지 해석, 즉 세 가지 공식 중 우리가 두 가지를 버리고 한 가지를 유효한 것으로 결정한다면, 이 마지막 한 가지가 바로 예심 법정의 판결이 될 것입니다.

대주교 − 원형의 세 모델 ① : 유다의 희생물인 예수

먼저 우리 세 재판관 중 한명인 플로리안 T는 다음과 같이 첫 번째 견해를 표명했습니다. 나자렛 예수는 유다를 잘못 평가 — 이 진술의 핵심 문장입니다 — 했습니다. 가리옷 사람이 (한 편에서 주장하는 것처럼) 어릴 적부터 악인이었든, (다른 편에서 말하는 것처럼) 예수의 추종자 그룹 안에 있을 때 비로소 악마가 그를 엿보기 시작한 것이든 — 어떤 경우든지 그는 유혹 당할 수 있는 사람이었습니다. ⋯ 그런데 예수께서는 유다를 선택하시고 *자발적으로* 그를 당신 곁으로 부르셨을 때 그것을 알지 못했습니다. 세속적인 권력의 명령으로든 영적인 힘의 명령으로든 예수께서는 누구로부터도 강요받지 않았습니다. *"너희가 나를 선택한 것이 아니오, 내가 너희를 선택한 것이다."* 이 문장은 예수가 잘못 생각했다는 것을 받아들이지 않으려는 성서해석학자들을 충분히 반박할 근거가 됩니다. 그러한 성서해

석학자들은 가리옷 유다가 그리스도의 뜻과는 다르게 사도들에게 달려가, 자기는 신뢰할 만한 사람이고, 목자나 어부들이 알지 못하는 많은 일들을 능숙하게 할 수 있다며, 오랫동안 간청하고 윽박지르며 떼를 써서, 그리하여 예수께서 마침내 이 성가신 사람을 불쌍히 여기어 자신의 식탁에 초대하게 되었다고 주장했습니다. 그러나 이 주장은 진실이 아닙니다. 우리 주님께서는 실제로 교활한 농간이나 감언이설에 속으신 것이 아닙니다. 주님께서는 자신에게 몰려드는 말 많은 사람들을 스스로 물리치셨습니다. 그리고 자신을 배신할 사람을 자유의지로 선택하셨던 것입니다. 예수께서 잘못 생각하셨다는 점에는 변명의 여지가 하나도 없습니다.

예수께서 잘못 생각하셨던 것입니다. 그것만이 중요합니다. *어째서* 예수께서 잘못 생각하셨느냐는 것은 이차적인 문제입니다. 비록 유다가 (한 무리의 사람들이 생각하듯이) 자기 돈주머니를 따로 차고, 푼돈 때문에 어떤 악행이라도 저지를 수 있는 사람이었다고 하더라도. 그가 (다른 무리의 사람들이 생각하듯이) 구름을 타고 오시는 사람의 아들에 대한 이야기와 성전 파괴에 대한 언급 등의 예수님의 말씀을 하느님을 모독하는 말로 생각하고, *네 마음속의 악을 몰아내라* 는 계명을 기억하여, 주님을 고발한 것이라 할지라도. 또 예수 자신이 (또 다른 제3의 무리가 설명하듯이) 스스로를 하늘의 아들이라고 사칭했지만 실제로는 땅의 아들에 지나지 않았던 나자렛 예수, 거짓 메시아를 당국에 넘겨주는 것이 유대인의 의무라고 유다가 생각했다 할지라도. 예수께서는 저녁이 되고 밤이 시작되면, 언제나 추적자를 피해 다니며 몹시 두려워하셨습니다. 예수께서 개에게 쫓기듯 마을을 떠나 황야에 숨어 지내시는 동안 천사의 군대는 어디에 있었습니까?

유다가 (제4의 무리가 주장하듯이) 예수께서 로마의 통치에서 이스라엘을 해방시킬 것으로 기대했다 할지라도, 유다가 자신의 착각을 간파하고 실망, 낙담하거나 체념한 것이 예수를 거부하며 배반자의 길을 걷게된 원인이 되었다 할지라도, 나아가 그의 행위가 악한 동기에 의해서 결정된 것이라 할지라도, 또는 선한 동기에 의한 것이라 하더라도, 만일 선한 동기에 의한 행위를 했을 때, 배신행위를 통해서 민중의 봉기, 지상 왕

국의 건설 및 최후의 심판의 전개 등의 사건을 이끌어
내기 위한 어떤 시도를 한 것이라 할지라도, 조금 더 이
야기하자면! 설령 은전과 입맞춤은 악마의 모습을 보
여주고, 대사제들에게 두 번째 찾아간 것과 나무에 목
을 매어 자살한 것은 너무나 늦은 후회를 했던 한 인간
의 모습을 보여준다 하더라도, 또는 이와는 달리 은전
과 입맞춤과 죽음의 방식이 실제로는 *나는 순종했습니*
다. 그 분을 사랑했습니다. 나는 그 분께 끝까지 신의를
지켰습니다 하는 것을 암시하는 비밀스러운 징표라 할
지라도, 둘 중 전자가 옳다 하더라도, 또는 후자가 옳다
하더라도, 유다에 대한 해석은 충분합니다. (질투심,
경건함, 명예욕, 실망한 사랑, 광신, 자기희생, 겸허함,
소유욕 등 유다는 천 개의 얼굴을 가지고 있습니다.)
비록 이 배신자가 그리하여 결국 진정한 프로테우스*
로 나타나, 어제는 악마, 오늘은 사람, 내일은 신이 된
다 하더라도, 이러한 유다의 변신은 무엇입니까? 예수
가 거짓된 인물을, 즉 악마의 대리인인 유다를 선택한
기적 같은 일과 비교해 볼 때, 악마에서 사람으로, 신으
로 변하는 유다의 기적은 무엇일까요? 유다는 어둠의

상징이었습니다. 주님께서 잘못 생각하셨다는 말과 비교해 볼 때, *라도, 라도, 라도*가 들어간 앞의 문장들은 무슨 뜻을 가지겠습니까? 주님께서 *속으셨다*는 것입니다. 이 말을 용서하시기 바랍니다. 예수께서는 악마에게 기만당하셨습니다. 심리학에 밝으신 예수님의 경우와 유다의 경우는 똑같습니다. *너는 정말로 괴상한 모습으로 다가오고 있구나.** 이 말은 예수께도 똑같이 적용되는 말입니다.

한 걸음 조금 더 다가가 살펴보면 나자렛 예수께서는 햄릿 풍으로 독백을 하고 계십니다. 예수께서는 자아와 대화를 나누시는 뛰어난 사색가요 회의자(懷疑者)가 되셨습니다. (*나의 하느님, 제가 유다를 선택할 때 왜 경고해주지 않으셨습니까? 제가 알 수 있도록 그의 이마에 왜 낙인을 찍어두지 않으셨습니까? 제가 본 그 사람은 카인의 후예가 아닙니까? 하느님 왜 제가 아이처럼 알지 못한 채 바보처럼 베엘제불의 함정에 빠지게 하셨습니까?*)

실제로 이러한 상상은 끝이 없습니다. 스스로 사형 집행인을 선택하게 되었다는 사실과 사형 집행인이 될

106

운명의 그 제자에게 처음으로 말을 한다는 사실을 예수께서 갑자기 깨달은 그 순간은 극적인 행위의 성격을 갖지만 … 이제는 더 이상 그렇지 않게 되었습니다. 목자를 죽이려 하는 자들을 양이 목자에게 데려다 주는 이야기가 문필가들에게 흥미를 줄 수도 있습니다. 문학은 자신감을 갖고 착각한 예수, 극도의 공포와 의심에 사로잡힌 예수의 모습에 도취할 수도 있겠지요. 그러나 우리 신학자들에게 *예수는 유다의 순진한 희생양이었다*는 말은 터무니없습니다. 그 말이 얼마나 터무니없는가는 이 문건을 끝까지 읽어보면 알 수 있습니다. (저는 어쨌든 우리가 그렇게 했다고 생각합니다.) 이 해석을 제안했었던 재판관 플로리안 T는 그 문제점을 다음과 같이 개념화시켰습니다. *이것은 땅의 심리학을 하늘로 끌어올리고 예수를 가리옷 사람의 제2의 자아 정도로 비하시키는 것입니다.*

대주교 — 원형의 세 모델 ② : 예수의 희생물인 유다

이리하여 우리는 첫 번째 명제에서 손을 떼고, 또 다른 재판관인 파올로 드 C가 제안했던 것으로, 예수께

서 처음부터 배신자를 알고 계셨다는 설명에 관심을 돌리게 되었습니다. 그렇습니다, 그 배신자를 알고 계셨던 것입니다! 우리의 원형적인 세 개의 모델 중, 두 번째 것은 그리스도께서 미리 알고 계신 상태에서 적대자를 제자로 맞아들였다는 가정에 의거합니다. *이 사람은 언젠가 나를 살해하게 되리라.* 그분께서는 사탄의 자식을 빛의 아들들 중에 *두려고* 하셨습니다. 그분께서는 매를 비둘기 중에, 늑대를 양떼 중에 *두려고* 하셨습니다. 그래서 유다를 선택하신 것입니다. 가리옷 사람이 처음부터 지옥의 자식이었기 *때문에,* 또는 그가 지옥의 자식이었다 *하더라도,* … 예수께서는 그를 선택하셨습니다. 유다는 선택을 통해 베엘제불로 자랄 작은 악마였습니다. 제자 그룹에 받아들여지기 전의 유다는 질이 좋지 않았습니다. 그는 작은 도둑이었습니다. 이제 드디어 큰 범죄자가 될 기회를 얻었습니다. 우리 주님께서는 그에게 아주 쉽게 타락의 기회를 만들어 주셨습니다. 어떠한 사람도 유혹을 주님보다 더 잘 할 수는 없을 것입니다. 하필이면 유다를, 가장 약한 자인 그를 예수께서는 시험에 들게 하시고, 그 시험에서 벗어날 수 없을 상황으로, 유혹 받기 쉬운 그 사람을 유도하셨습니다. 무엇을 위해서 그랬던가요? 예수께서는 도구가 필요했기 때문입니다. 구원의 계획은 악을 필요로 했기 때문입니다. 아담의 사건 이래로 세상은 사탄의 왕국이 되었다는 것을 보여줄 필요가 있었기 때문입니다.

그리고는 피할 수 없는 일이 일어났습니다. 유다는 자신의 길을 갔으며 그의 곁에는 아무도 없었습니다. 아무도 그에게 경고해 주지 않았습니다. 예수께서도 경고해 주지 않으셨습니다. 약한 자인 유다를 돕는 대신, 예수께서는 그를 더욱 더 깊은 번민과 죄의 구렁텅이에 빠트리셨습니다. 더욱이 예수께서는 — 그것만으로는 *아직도* 불충분해서 — *더 빨리, 친구여!* 하며 맡은 일을 완수하도록 유다를 몰아갔고, 마침내 유다는 악마를 자신의 몸 속에 받아들일 수밖에 없는 상황에 처해졌습니다. 예수님의 성체인 성찬의 전병 위에 사탄의 표시가 있는 꼴이 되었습니다! 악마의 성찬으로서의 기독교의 성찬이라니요!

주여, 저입니까?

네가 말하였다.

아닙니다. 여기에서는 어떤 아버지도 아들을 돕지 않습니다. 어떤 형도 동생을 돕지 않습니다. 어떤 선생도 학생을 돕지 않습니다. 여기에서는 천상에서 들려오는 얼음같이 차가운 목소리가 운명을 선포합니다. 여기에서 심판의 날이 지켜지며 결론이 내려지고 공표됩니다. 그 행위는 이루어질 것입니다. 그 일을 하다가 일하던 사람이 뒈지더라도 말입니다. (우리는 *뒈진다*고 말을 합니다. 우리는 *뻗는다*고 말합니다. *죽는다*고 말하지 않습니다.) 예수께서는 유다가 삼베를 짜서 만들게 될 올가미에 무슨 관심이 있었겠습니까? 예수께서는 자기 자신의 십자가를 갖고 계셨습니다!

이런 말은 불경하다고 사람들이 말합니까? 이 말은 불경한 말입니다. 또한 불경해야 하는 말입니다. 유다가 예수의 희생물이라는 두 번째 설명이 어처구니없는 말이라는 것을 깨닫기 위해서는, 이 명제를 마지막 결론에 이르기까지, 즉 완전한 신성모독에 이르기까지 철저하게 사고하는 것이 필요합니다. 오직 이런 이유로 우리의 세 가지 모델 중 이미 재판 청원인이 개념화시킨 바 있는 두 번째의 것은, 파올로스 드 C 신부의 진술

중에서 재차 쟁점이 되었습니다. 즉 *유다는 천국에서 온 해부학자인 예수님의 실험 대상이며, 예수께서는 자기 희생물이 천천히 죽어 가는 모습을 자세히 살펴보십니다.* — 오, 아닙니다. 이런 생각은 이해할 수 없습니다. 그럼에도 불구하고 저희가 이러한 생각을 시도해 보고, 경건한 성서의 이야기에서 이단의 모습을 밝혀보려다가 스스로 이단이 된 것을 하느님께서 용서해 주시길 바랍니다.

다시금 말하지만 *유다가 우리 주님의 희생물이었다* 는 두 번째 명제는, *예수가 유다의 희생물이 되었다* 는 첫 번째 명제만큼이나 터무니없는 말이라는 것을 보여주기 위해 이렇게 한 것입니다.

대주교 – 원형의 세 모델 ③ : 공동의 희생물인 예수와 유다

이리하여 세 번째 해석만이 남게 되었습니다. 그것은 청원서의 문구입니다. 바로 우리가 진행한 첫 번째 심의에서 다룬 내용입니다. 이 말은 진리에 접근해 있습니다.

예루살렘의 대주교인 제가 낭독한 이 판결 사유는,

가리옷 사람 유다가 가장 경건한 자였기 때문에, 그리고 그가 대사제들에게 갈 때부터 나무에 목매어 죽을 때까지 하느님께서 그 행위를 요구할 수 있는 유일한 사람이었기 때문에, 나자렛 예수께서 그를 '포기할 사람'으로 선택하셨다고 말합니다. 유다, 욥보다 참을성이 강하고 요셉보다 똑똑하며 다윗처럼 분별력이 있었던 그는 오늘날까지 그 누구에게도 부과되지 않았던 한 임무에 적합한 것으로 판명되었던 것입니다. 그래서 그는 그리스도를 위해서 살인자와 자살자가 되어야 했고, 하느님께 순종해야 했으며, 어떤 성인도 그를 위해서는 한 번도 기도해 줄 마음이 내키지 않을 만큼 혐오할만한 행위를 통해서 자신을 낮추어야만 했습니다.

결국 유다는 그 일을 해냈습니다. (그래서 우리는 구원을 받았습니다.) 그는 자신의 임무를 완수했습니다. (우리는 그에게 감사해야 합니다.) 그는 하느님의 이름을 더럽혔습니다. (하느님께서 그것을 원하셨기 때문이었습니다.) 그는 예수를 세상에 넘겨주었습니다. (우리의 구원을 위해서 세상이 예수님을 죽이도록 그렇게 한 것입니다.)

유다는 타락한 천사가 되었습니다. 주의 전령이 목자들을 베들레헴으로 보냈듯이 가리옷 사람도, 그가 경건했고 하느님을 두려워했으며 예수의 말을 믿었기 때문에 병사들을 게쎄마니로 인도했습니다. *"이 일이 일어나야 하리라.* 사람의 아들은 사람들의 손에 넘겨질 것이다. 그들은 그를 죽일 것이다. 그러나 사흘째 되는 날 그는 깨어날 것이다."(하늘의 천사와 지옥의 심부름꾼. 경배하던 목자들과 양 손에 창을 든 사형 집행인. 마구간과 산. 강보와 수의. 이쪽의 아버지와 어머니는 *우리가 너를 지켜주마* 하고, 저쪽의 제자들은 *주님을 떠나자! 빨리 도망가야 해!* 합니다. 두 번의 밤*과 두 번의 넘겨줌*. 유다 없이는 시작과 끝의 변증법이 없습니다. 끝이 없고 따라서 시작도 없습니다.)

가리옷 유다, 그는 거룩한 우리 교회의 첫 번째 순교자입니다. 다른 사람들이 싫다고 말했을지라도, *싫습니다, 이 일은 정말 싫습니다* 했을지 몰라도, 유다는 하겠다고 말했습니다. 요한이나 베드로라면 벌써 도망갔을지 몰라도, 짐승의 가죽을 벗기는 박피장에 또는 제사장들이 돈을 세고 있던 성전 안에 유다는 있었습니

113

다. *원한다면 다시 세어보시오.* 유일하게 남아 있던 사람으로서 유다는 이를 따랐습니다. … 그리고 그 자리에 신은 없었고, 한 사람만이, 자신에게 닥칠 일이 무엇인가를 알고 나서부터 두려움을 갖게 된, 그리고 게쎄마니 동산에 없었기에 게쎄마니의 그 밤을 알지 못하던 한 인간이 있을 뿐이었습니다. "주여 저는 아니겠지요?" 하는 말이 "이 잔이 저를 지나가게 하옵소서" 하는 말과 다른 점이 무엇입니까?

그럼에도 불구하고 유다는 용기를 잃지 않았습니다. 유다는 우리 주님께서 필요로 하신다는 것을 알고 있었습니다. 유다는 예수께서 그 순간을, 그 순간이 정말 올까봐, 두려워하고 계신 것을 알았습니다. 그 순간은 유다도 자신의 비밀임무가 주는 십자가의 부담감 때문에 허물어질 수도 있었으며, 마지막 순간에 밤을 향해 나가는 도중 싫다고 말할 수도 있었습니다. 유다는 예수께서 두려워하셨으며, *나의 하느님! 나의 하느님! 왜 우리를 버리셨습니까?* 하며 도움을 갈구하는 예수님의 외침은 이중적인 의미의 비명이 될 수도 있다는 것을 알고 있었습니다. 오직 이런 이유로 *네가*

*해야 할 일을 할 수 있는 대로 빨리 행하라*는 말씀을 하셨습니다. "어서 그 일을 행하라."

그러나 유다는 싫다고 이야기하지 않고, 베르톨트 신부가 그의 청원서에서 증거 했듯이, 죽음에 이르기까지 예수와 함께 있었습니다. 그가 베다니아에서 한 말, *이런 예식이 무슨 소용이 있는가? 그 돈을 가난한 사람들에게 주어라!* 한 말은 예수께서 하실 수도 있던 말이었습니다 — 빵이 향유보다 낫다고. 겨울이 오고 있는데, 외투와 비교해 볼 때, 무덤장식이 무슨 의미가 있습니까? 모든 이에게 필요한 불장작이 지배자를 위한 묘지보다 더 중요하지 않습니까?

예수와 유다. 그들은 똑같은 말을 합니다. 그들은 똑같이 죽습니다. 그들은 똑같이 행동합니다. 제자들은 도망가지만 서로의 비밀을 알고 있는 두 사람은 서로 입맞추고 끌어안습니다. 왜냐하면, 예수께서는 하느님의 명령을 이행하지 않아도 된다고 말씀하시며 유다를 저지하실 수 있지만, 유다는 예수님을 저지할 수 없다는 것을 서로 알고 있기 때문입니다. 길지 않은 시간이 흐르고 그들은 나무에서 하나가 됩니다. 십자가에 매달리신 예수, 예수님의 머리 위로 *나자렛 예수, 유대인의 왕*이라는 말이 보입니다. 나무에 매달린 유다, 유다의 머리 위에는 눈에 보이지는 않지만, 주님의 말씀이 있습니다. *자기 목숨을 얻으려는 자는 그것을 잃을 것이요, 나를 위해서 버리려는 자는 얻을 것이다.*

이러한 징표들이 있으므로 본 법정은 가리옷 유다를 복자의 반열에 올리자는 청원을 인장하고 예부성성이 그에게 순교자의 자격을 부여하도록 요청하는 바입니다.

신앙검찰관의 반론

에토레 P. ④ - 신앙검찰관의 견해

예부성성의 보고관 추기경에게 보내는 예루살렘 대주교의 편지는 이 말로 끝났으며, 어쨌든 이 부분은 공식적인 내용을 담고 있다. 재판관인 그가 자기 판단이 달라진 동기에 대해 자필로 썼으며 사적인 내용을 담고 있는, 두 문단으로 된 한 쪽 분량의 추신은 언급하지 않겠다. 그것은 고백적 성격을 지니고 있으며 너무 사적이라 — 고해신부에게라면 몰라도 대중을 상대로 이야기하기에는 적합하지 않으므로 — 이 보고서에서는 거론하고 싶지 않다. 나는 추기경 예하께 드리는 발췌록에도 그것을 누락시켰다. 그러나 결국 보고관 추기경께서는 편지의 추신을 읽게 되었다고 한다. 그리고 본심 법

117

정의 신앙검찰관 측 사람들과 주교들에게는 내가 요약한 그대로의 재판 기록 발췌록이 알려졌다. (이들은 많은 사람들을 파견하여 즉각 정보를 입수하기를 원하고 있었다.) 그러므로 대주교의 생각이 그들에게 설명될 수 있을지 없을지는 추기경 예하께 달린 문제였다.

나 에토레 P는 예비 심사 재판이 진행되는 동안 양 측이 법정에 제출한 주장, 이론 및 논증을 요약함으로써 나의 할 바를 다했다고 생각했다. 그리고 나는 이 요약본의 도움으로 다음과 같은 문제가 해결될 수 있기를 기대했다. *유다 사건에 대하여* 사도 재판을 여는 것은 온당한 일인가? 또는 이에 대한 반대 의견이 있는가? 우리 로마 가톨릭 교회법전 2082조에 의거, 계속되는 재판에서 평신도라도 누구나, 그것이 어떠한 경우에도 제거될 수 없다는 것을 한 눈에 알 수 있는 그런 장애가 있는가?

신앙검찰관의 견해로는 그러한 순간이 있었다. 그것도 아주 많이 있었다. 그래서 그는 자신이 주도한 비밀 투표의 결과와, 재판에 대한 비난과 질책을 담은 편지를 신학자문위원회에 보내 이 소송의 무효성을 주장하였고, 재판의 판결이 무가치하다는 것을 지체 없이 공

118

표해 줄 것까지 요구하였다. 그렇게 해야만 이미 충분히 심각하게 저질러졌던 해악이 더 이상 생기지 않을 것이며, 또한 그것을 보장받을 수 있다는 것이었다. 나는 지금 신앙검찰관의 그 편지를 — 그가 허락한 방식에 따라 — 인용할 것이다.

  신앙검찰관은 소송의 합법성에 대해서는 더 이상 문제 삼지 않겠다고 강조했다. 형식적으로 볼 때는 모든 것이 제대로 되어 있었다고 그는 말했다. 신앙검찰관은 자신이 4장 2007조에 의거하여 유다의 시복 심사를 허락했으며, 예심 법정은 이에 대해서 나중에 증인 심문을 했는데, 질문들을 총괄하여 살펴보았으며, 청원인의 입장이라면 불리할까봐 알리고 싶지 않은 나머지 생략했을 수도 있는 여러 질문들 역시 취합하였고, 이에 논란이 되고 있는 점들을 나열하였다고 말했다. 증인들이 전체적으로 보아 신뢰할만하다는 것을 부인할 수 없었다고 그는 말했다. (물론 몇 명에 대해서는 의심이 가지만, 그것은 본인의 문제로 볼 수도 있는 것이라고 했다.) 그리고 그는 결국 신앙검찰관인 자신도 인정하는 2102조의 유권해석을 판단 근거로 내세워 재판을 인정

119

한다고 말했다. "예수를 위해 선한 일을 하려다가 죽은 사람이라면 그가 누구이건 간에, 남자이거나 여자이거나, 주인이거나 노예이거나, 백인이거나 유색인종이거나, 순교자의 칭호를 얻을 수 있다."

한마디로 말해, 무엇보다도 형식상의 실수를 신앙검찰관인 자신이 깨닫지 못했다고 했다. 그러나 그것은 **형식**이 궤변에 가까운 어떤 수를 내면 — 예루살렘의 하느님께서는 종종 이런 수에 걸리신다고 그는 말했다 — 악마를 위한 시복재판도 할 수 있다는 것을 의미하는 것이라고 했다. 유다에서 베엘제불로 가는 길은 가깝다고 그는 말했다. "사람들은 서류만 들여다 볼 뿐입니다! 하늘에 계신 아버지께서 하느님으로 인식될 수 있기 위해서 사탄을 통한 부정을 필요로 하는 것이라면, 왜 법정은 유다와 함께 베엘제불 역시 복자의 반열에 올리지 않았는지 질문을 던질 수 있을 것입니다. *유다가 복자라면 사탄도 성인*이 될 수 있을 것입니다. 그렇다면 머뭇거리지 않고 결론을 낼 수 있을 것입니다. *성자 루시퍼*여, 우리를 도우소서!*"

그는 말했다. "어떻게 그것이 가능합니까? 그것은 책

임전가입니까? 선동정치입니까? 늘 그랬지요! 재판이 열리고 본질을 벗어난 주장이 터무니없는 극단으로 치닫게 되면, 상대방 진영은 그 모순을 드러내는 지적을 할 수 있도록 해야 합니다." 그리고 그런 경우 모순은 처음부터 끝까지 전체에 나타난다고 그는 말했다. 그리고 사람들이 신앙검찰관에게 소송 자료를 명제마다 모두 교리 조항에 비추어 평가하는 수고를 면하게 해주기를 바란다고 했다. 그런 일이야 어느 복사(服事)라도, 이미 소송서류를 읽으면서 우리 거룩한 교회의 신앙 진리에 저촉되는 서른 가지 이상의 심대한 위반사항을 찾아낸 전문 신학자인 그만큼은 할 수 있는 것이며, 저촉 사항을 찾아낸 그것만으로도 이미 충분히 중요한 일을 한 것이라고 그는 말했다. (튀빙엔의 신학자들로부터 닐 Th 교수에 이르기까지 자문을 받은 대가들에 대한 언급은 그에게 별다른 느낌을 주지 못했다고 그는 말했다. 그는 자신의 일에 대해서 확신을 갖고 있고 논쟁을 두려워하지 않는다고 했다.)

그러나 교리 분야에 있어 자만심보다 더 나쁜 것은 성서를 해석하는 과정에서 나타나는 자의성이라고 그는

121

말했다. 청원인, 증인, 그리고 재판관이 성서 본문을 해석할 때 가졌던 경솔함. 그는, 신앙검찰관이며 M 신부인 그는, 아마도 개신교도식으로 자구에 매달리는 해석을 선호한다는 의심을 받고 있지는 않지만, 문서를 조사하는 데 있어서만큼은 *되살아난 종교 개혁가처럼, 즉 말씀을 기치로 내세워* 로마 전통주의자와 일전을 불사해야 했던 제2의 루터와 같이 투쟁적으로 일을 할 것이라고 말했다.

"이 엉터리 같은 억측들! 이것은 성서 텍스트에 대한 월권입니다! 즈가리야를 동시에 유다와 함께 거명하는 것은 본의를 건방지게 날조하는 것입니다. 양떼의 보호자를, 목자를 살해한 자와 함께 거명하다니요!" 그는 가끔씩 말문이 막힌다고 했다. "양 편의 증거를 똑같이 인정하기 때문에, 한 가지 사안을 위해 논리와 궤변, 굳어진 전통적 의미와 대담한 상상력, 사려 깊은 해석과 뻔뻔한 성서 주석 등을 뒤섞어서 설명하는 경박한 태도를 볼 때마다, 이와 같은 방법상의 혼란 때문에 천국과 지옥이 마침내 뒤죽박죽이 되었고, 유다가 예수의 친형제로 여겨지는 것이 별로 놀라운 일이 아닌 것처럼 느껴진다고 그는 말했다. "악마가 아버지 하느님과 서로 팔을 끼고 있다니요! 그러나 사람들이 성서 텍스트를, 즉 간단하고 명확하게 기록된 복음서 저자들의 말과 성서의 말씀을 등한시한다면 그런 일이 일어납니다." 신앙검찰관은 "저는 그런 일을 할 권한이 없다는 것을 알고 있습니다" 하는 문장에 이어, 함께 모여 있는 추기경들, 주교들, 그리고 교수들은 서류들을 조사해 본 후 신앙검찰관인 그가 했던 내도 복음서 저자의 증언을 똑같이 읽어보기를 바란다는, 간곡히 당부하는 글을 썼다. 그러나 M 신부는 몇 달 동안의 긴 재판 기간이 지난 후, 성서 본문을 역사적 증언이 아니라 성령의 저작인 것으로 해석하면서, 그것을 드디어 다시금 다 읽어냈을 때, 그동안 자신이 담근 지 얼마 되지 않은 뿌옇고 질 나쁜 브랜디를 들이키도록 적에게 강요받는 포로와 같은 기분으로 지내다가, 이제 일을 끝내고 비로소 처음으로 다시 신선한 샘물을 마시게 된 기분이 들었다고 했다. "끔찍한 시간은 지났습니다. 이성과 신앙은 다시 제 자리를 찾았습니다." 이런 그가 유다는 배신자가 아니었다고 믿는다는 것은 도저히 있을 수 없는 일이라고 썼다.

이 부분에 이어서 M 신부가 사변적인 성서텍스트 해석의 위험성에 대해서 유다의 예를 들어 설명한 보충 설명이 이어진다. 이 글에는 지금이 마침내 "높은 장소"(베드로의 보좌를 말한다)에 앉아 계신 분께서, 기발한 발상을 과시하고 마치 시인처럼 일을 하며 성서의 텍스트(본문뿐만 아니라 교리까지도)를 자신의 재담보다도 더 쉽게 포기할 준비가 되어있는 성서해석학자들에게, 언동을 신중히 하도록 공식적으로 경고하실 때가 되었는지 한 번 정도 생각하실 것을 요구하는 내용이 들어 있다. 나는 몇 군데를 건너 뛰어 신앙검찰관이 유다의 시복에 대한 자신의 반대 주장을 작성해 놓은 부분을 다시 보고자 한다. 그는 이 주장을 교과서적인 문장들을 사용하여 전개하고 있었는데, 그러면서도 문체에는 변화가 있었다. 형식적이고 메마른 법률가의 분위기와 격정적인 종교재판의 분위기가 번갈아 나타나던 것이(내가 불완전하게나마 '간접화법'으로 정리한 신앙검찰관의 반론 — 간접화법으로 한 것은 신앙검찰관이 그렇게 하기를 계속 원했기 때문이다) 지금부터는 객관적이고 간결한 이야기체로 바뀌게 된다. 요점만 있는 간단한 문장이 계속 이어진다. 신앙검찰관은 모범 의견을 되풀이하여 말하는 것에 만족하기로 한 사람인 것처럼 계속 이야기한다. 예, 아니오란 말만 알고 있는 교리문답서처럼, *하는 반면, 일지라도, 다른 한편* 등의 말은 없다. 참된 가르침과 거짓 가르침, 이쪽에서 *그가 말하는* 정통 교리와 저쪽에서 *남들이 대담하게 행동하는* 이단. 대립이 지배하며 중재와 화해는 거부된다. *양자 모두*의 사리에 *양자택일*이 대치된다. 논증이라는 것은 진술하는 방법을 보여주는데, 스스로 혼자만 말한다. 그러면, *유다와 인간의 원죄*라는 문제에 대하여 장황하게 설명한 불필요한 부분은 빼고, 신앙검찰관의 이야기를 끝까지 말한 그대로 인용해보겠다.

신앙검찰관 ─ 반론

법정은 유다는 '배신자'가 아니라는 논리를 대변하고 있으며, 유다를 '넘겨준 사람'이라는 말로 설명하려 하고 있습니다. 법정은 악마의 자식에게 신의 의지를 수행한 자라는 가치평가를 내립니다. 심지어 유다의 '넘겨줌'(Überlieferung)이 없었더라면 우리 가톨릭의 전

125

통이라는 의미에서 '전승'(Überlieferung)도 없었을 것이라고까지 감히 주장하고 있습니다. 법정은 유다를 교황의 아버지요 모든 성인들의 시조로 만들고 있습니다. 가리옷 유다가 글자 그대로의 의미에서뿐만 아니라, 전용된 의미에서도 예수를 넘겨준 자라고 부당한 설명을 하고 있습니다. 할 수만 있다면 유다가 다섯 번째 복음서의 저자라고 말할 것입니다.

그러나 이것은 진실이 아닙니다. 성서 본문에 어긋나는 말장난입니다. ausliefern과 überliefern이라는 단어는 둘 다 복음서에서 *넘겨주다*는 뜻을 가진 동의어로 사용되고 있으며, ausliefern은 오직 한 군데에서만 *배신하다*는 의미로 사용된다고, 엉터리 성서해석학자들이 증거를 끌어대어 주장한다면, 제게는 한 군데의 증거만으로도 충분하다는 것을, 저는 가능한 한 분명하고도 강력하게 말하고자 합니다. 이것은 명확한 것으로서 어떠한 신식 해석 기법으로도 반박할 수 없는 것입니다. 의미상의 속임수나 은유의 마술로도 어찌할 수 없는 것입니다. 유다는 배신자였다고 성 루가는 말합니다. 우리 교회는 이천년 동안 이 말을 믿어왔고 앞으로도 계속 이 말을 믿을 것입니다.

이상이 유다의 시복을 주장하는 논리의 첫 번째 모순점입니다. 이제 두 번째 모순점에 대해 말하겠습니다. 법정은 복음서 저자들이 거짓말을 하고 있다고 주장합니다. 가리옷 사람이 탐욕 때문에 우리 주님을 배신했다는 명제는 틀린 것이라고 말합니다. 법정은 유다가 사기꾼이 아니라 오히려 존경받을 만한 사람이었다고 말합니다. 경건했으며 하느님께 순종적이었다고 말합니다. 유다가 한 일은 우리 주님 예수님의 뜻에 동의하여 자발적으로 한 일이라고 말합니다. 증거들이 아주 확실하다고 말합니다. 성전에 은전을 던진 행위는 *나는 예언자처럼 야훼의 명령을 수행했습니다* 하는 표시이며, 그 밖의 증거로 사랑의 입맞춤과 나무에서의 죽음이 있다고 말합니다.

그러나 이러한 증거는 증거가 아닙니다. 주님을 죽음으로 몰고간 자의 후회는 선한 목자의 정당한 분노와는 아무런 관계가 없습니다. 유다는 즈가리야가 아닙니다. 입맞춤은 사랑의 증거가 아니라 배반자의 몸짓이었습니다. *키스로 네가 사람의 아들 예수를 배반하느냐?* 하

127

고 성서에 기록되어 있습니다. 그리고 우애로운 죽음이
라고 하는 것이 — *우애로운 죽음*이라는 말로 자살을
신격화시키는 것은 이단의 요건을 충족시키는 것입니
다! — 그것이 사실은 버림받은 한 사람의 자살이었습
니다. 하느님의 진노를 두려워했고, 신의 은총을 믿을
수 없었기 때문에 최후의 날의 심판을 막으려 했던 한
남자의 절망의 행위였습니다.

　그렇습니다. 여기에는 의심이 허용될 수 없습니다.
성서 본문이 스스로 이것을 말하고 있습니다. 성서의
증언은 성서해석학자의 억측보다 신뢰할 만한 것입니
다. 제 눈에 비치는 성서해석학자들은 — 이 말을 자꾸
반복하는 것을 용서하시기 바랍니다 — 해석하는 사람
이 아니라 속이는 사람들입니다. 그들은 심리학자처럼
일을 합니다. 그러나 그들은 복음서 저자인 성 요한이
아닙니다. 소위 '성 요한이 그린 유다의 심리학적인 프
로필'은 신학적인 사례 연구의 성격을 지니고 있을 뿐
입니다. 교회 재판관들은 잘못 알았습니다. 그들이 내
세운, "요한의 복음서 12장에서 인간의 형상을 한 악
이, 악한 인간으로 변하고 있다" 하는 주장은 옹호될 수

없는 것입니다. 오히려 제4복음서 저자는 유다 안에서 언제나 사탄의 대리인을 보았습니다. (악마 자신이 도달하지 못한 것을, 악마는 자신의 인간을 통해서 이루었습니다. 이것이 *요한의* 주장입니다.) 이것은 증오, 위선, 도둑 등의 말처럼 도덕론적으로 남을 험담하기 위해 하는 정도의 말이 아닙니다! 은전, 돈 주머니, 삼밭, 입맞춤과 빵 조각은 단순히 "나쁜" 인간을 상징하는 것이 아니라 오로지 악을 위해 존재하는 한 인간을 암시하는 상징물인 것입니다. 따라서 재판정이 요구하고 있는 인물은 유다라는 이름의 악당과는 별개의 인물입니다. *만약* 여기에서 도덕적인 논쟁을 하고 상대방을 치욕스럽게 만드는 자가 있다면, 그는 분명 요한이 아닙니다. 그런 사람이 있다면, 그는 오히려 유다의 무죄 판결을 위해서 (*무죄* 뿐만이 아닙니다. *복자시복* 입니다! *명예회복의 법적인 공개선언* 입니다!) 복음서 저자 요한의 사형을 요구하는 담당 재판관일 것입니다. "요한이 유다의 영혼을 그리는 방법은 처형의 성격을 지녔다." — 나는 담당 재판관이 *이렇게 말하는 것을* 요한에 대한 사형 집행이라 부릅니다! *그것은* 살인입니다!

(그리고 그밖에도 그것은 신성모독입니다. 이것은 시간이 흐르면 자명해질 것입니다.)

간단히 요약해서 말하자면 여기에서 상대진영의 주요 증인들이 선입견에 빠져있으며 신학적인 전문 지식이 부족하다는 점을 분명하게 설명하려고 합니다. 유다 대 요한. 너무나 빤히 들여다보이는 내용이어서 설득시킬 것도 말 것도 없습니다. 도덕주의자인 복음서 저자 요한이 유다를 개인적인 적으로 생각하고 죽이려 했다는 비난은, 이 말을 꺼낸 사람에게 되돌아갈 것입니다.

이제 세 번째 모순점을 말하겠습니다. 법정은 예수 그리스도께서 유다가 당신을 넘겨줄 것이란 사실을 알고 계셨다고 주장합니다. 이 주장은 맞습니다. 저도 공감합니다. 그러나 법정은 동시에 예수께서 유다를 자신의 심복으로 만들었다고 주장합니다. 법정은 예수께서 유다에게 다음과 같이 말했다고 주장합니다. *우리 하느님께서 당신을 배신할 사람으로 너를 정해놓으셨기 때문에 너는 타락한 천사가 아니다. 하느님께서 사람들을 구원하시기 위해서 너와 사람들에게 나를 넘겨주실 때 내가 버림받았듯이, 너는 버림받기 위해 선택되었다.*

법정은, 예수가 자신을 팔아넘길 사람에게 이러한 구원의 계획을 알려주지 않았다면, 유다가 예수의 희생물이 되었을 것이라는 주장을 합니다. 이러한 주장은 사실이 아닙니다. 사실이 아닐 뿐만 아니라 순전히 억지입니다. 그것은 이단이고 우리 교회의 가르침과 모순됩니다. 그것은 또한 인간의 자유가 하느님의 은총을 반대하는 것으로 잘못 판단하고 있습니다. 그것은 '하느님께서는 당신의 어떤 피조물이라도 죄를 짓도록 결정하지 않으셨다'는 교리를 무시합니다. 그것은 영원한 구원과 일시적인 죄 사이의 긴장을 부정하고 있습니다. 그것은 포기 — 하느님께 저주받은 자, 유다 — 와 자유로운 결단의 변증법을 무시합니다. 유다는 은혜를 기피하는 사람입니다. (하느님께서는 우리를 구원하시려는 의지를 가지셨으며, 또한 유다도 구원하시려 했다고 우리는 고백합니다. 그리스도의 구원 행위는 우리 모두에게 해당됩니다. 그러나 유다는 그것에 저항했습니다.)

본인은 예수 그리스도가 넘겨져야 했다는 우리 거룩한 교회의 가르침에 동의하며, 똑같이 주장합니다. 죄 많은 인간의 손에 넘겨져야 했다고 주장합니다. 하느님께서 정하신 구원자로서 그 분은 글자 그대로 우리의 구원자가 되기 위해 넘겨지셨습니다. 그러므로 성경에는 다음과 같은 글이 나타납니다. "사람의 아들은 죽어야 한다고 쓰여 있으므로, 그는 죽을 것이다."

그 일은 일어나야 했습니다. 하느님께서 그것을 원하셨습니다. 이것은 하나의 신비입니다. 그리고 우리가 감수해야 하는 또 다른 신비가 여기에서 시작됩니다. 또 다른 신비는, 예수께서 자신이 죽어야 한다는 사실을 알았을 때, 예수께서 놀라셨다는 것입니다. "예수께서는 정신적으로 충격을 받으셨다." 하느님의 구원 계획을 위해 치러야 할 그 일을 저지를 사람은 죄인입니다. 오직 유죄인 그 자만이 그 일을 저지를 수 있습니다 — 오직 어둠의 자식만이. 그리고 *이미* 유다는 그런 어둠의 자식이었습니다. 그 때문에 악마가 그를 선택했습니다. (그러나 그 악마의 뒤에는, 사탄이 유다를 조종한 것 같이, 악마를 조종하시는 하느님이 계십니다. 이것 역시 우리가 감수해야 하는 신비입니다.)

유다는 *이미* 유죄입니다. 그의 불신, 그의 탐욕, 그의 위선, 그의 배신 때문에 유죄입니다. 하느님께서 내리실 판단을 그가 먼저 내렸기 때문에 유죄입니다. 그는 사탄의 직무를 수행했던 것입니다. 그렇습니다. 그는 *이미* 유죄입니다. 그래서 성경에 다음과 같은 글이 쓰여 있는 것입니다. "사람의 아들을 넘기는 그 사람은 화를 입을 것이다. 그는 차라리 이 세상에 태어나지 않았더라면 더 좋을 뻔했다." 그런데, 법정이 판결문의 어디에도 이 말을 인용하지 않았다는 점은 특기할 민합니다.

영원 전부터 하느님께서 미리 예정해 놓으신 일이지만 거기에도 자유와 죄가 있습니다. 이것이 우리에게는 모순일지 모르나 하느님께는 그렇지 않습니다. 하느님께서는 유다를 버리셨습니다. 하느님께서는 그를 선택하셨습니다. 하느님께서는 유다를 인도하셨습니다. 하느님께서는 그에게 자유를 주셨습니다. 아직 저주받은 피조물로서 가리옷 유다에게는 자유로운 하느님의 형상이 남아 있습니다. 그는 그 일을 해야 했습니다. 그러나 그것은 *그의* 일이었습니다. 그는 구원의 계획을 실현시켜야 했습니다. 그러나 어둠의 자식으로서 또 부패의 자식으로서 … 사탄의 시간이 오기 전에, 즉 붙잡혀

못 박히시던 그 밤이 오기 전에, 자기를 아껴주셨던 주
님께, 이미 그를 성스러운 만찬에 참여하게 해 주셨던
주님께, 그러니까 끝까지 그의 사랑을 지켜주셨던 주님
께 공개적으로 반란을 일으킨 것입니다.

에토레 P. ⑤

이 다음 부분은 원죄, 은총의 교리, 예정설의 문제에
대한 이야기로 본질에서 많이 벗어나 있다. 이러한 이야
기를 하면서 신앙검찰관은 유다의 행위를 예로 들며 (우
리 신학자들이 '하느님께서 내리시는 유죄선고'라고 부
르는) *미래의 죄과를 미리 예견하고 벌을 주는 것*에
*반대한다*는 교리를 앞에서 언급했던 다음과 같은 명제
와 일치시키려는 시도를 하였다. "하느님께서 유다의 죄
를 예정하셨으며, 그리고 그를 버리셨다 하더라도 하느
님께서 당신의 자유로 죄 지을 자유를 부여한 인간은 자
신의 행동에 대해서 전적으로 스스로 책임을 져야 한
다." 앞서 말한 대로 나는 이 부분의 이야기에 대해서는
더 이상 소개하지 않겠다. 어쨌든 신앙검찰관은 자신이
비난했던 예심 법정의 잘못을 여기서 동일하게 저지른

것으로 보인다. 그는 *사탄이 하느님의 보조자였고 유다가 사탄과 한 패였다면 — 따라서 하느님의 위임을 받은 자였다면 — 어떻게 그가 유죄일 수 있는가?* 하는 비난을 반박하려고 노력하다가 사변에 빠지고 말았다. 그의 논증은 페이지가 거듭될수록 점점 더 논리를 잃어가고 있으며, 결국 재판의 두 번째 의견인 *희생자 유다*에 대해서는 반증한다기보다 선언하는 것처럼 비쳐졌다. 신학자문위원회는 "역설"과 "신적인 비밀"이라는 개념이 지배적으로 사용되고 있는 이 구절들에 의문이 생겨서 일련의 물음표를 달아놓고, "몰리니즘"*이라는 단어와 "협력하는"이라는 단어와 어거스틴, 보나벤투라*, 칼빈, 그리고 칼 바르트 — 원문 그대로 적고 있음 — 등등의 이름을 편지의 가장자리에 기록해 두었다. 보충 설명에 대한 보충 설명은 이 정도로 충분하다. 계속해서 신앙검찰관의 편지로 돌아가 결론부를 인용하겠다.

신앙검찰관 – 결론

법정은 유다가 단지 회개한 죄인이 아니라 우리가 기도할 때마다 하느님의 은총을 빌어줄 희생 제물이었다고 주장하고 있습니다. 법정은 그 이상을 원합니다. 법정은 그가 죄가 없다고 주장합니다. 아니, 죄가 없다는 것으로는 아직 충분하지 않다고 주장합니다. 상황을 누그러뜨리거나 무죄 판결을 위해 변론하는 대신, 피고가 법적으로 완전히 명예회복 되어야 한다고 고집을 피우고 있는 것입니다. 아니, 법정은 결국 유다의 명예회복만으로는 만족하지 않습니다. 법정은 가리옷 유다를 복자로 시복하고 그를 우리 교회의 순교자 반열에 올릴 것을 요구하고 있습니다. — *요구를 하다니요!* — 우리는 그를 위해서 기도할 수 없습니다. 그가 우리를 위해서 기도해야 합니다.

재판이 이 정도로까지 이르렀습니다. 우리 교회 안에서 천재성과 주관이 오래 전부터 교리와 성서텍스트보다 더 중요한 것으로 *인정받기에* 이르렀습니다. 그렇지 않았더라면 유다의 소송 건은 결코 있을 수 없었을 것입니다. 누구든지 법정 판결을 논리 정연하게 입증할 수 있는 복음서 안의 한 구절을 — 오직 한 구절을! — 저에게 보여준다면 저는 모든 주장을 철회할 것입니다. 그러나 그런 구절은 존재하지 않습니다. 마르코의 복음서에는 없습니다. 마태오의 복음서에도 없습니다. 루가의 복음서에도 없습니다. 요한의 복음서에도 법정의 유다를 위한 그런 구절은 없습니다. (재판관과 증인들이 제4복음서인 요한의 복음서를 제멋대로 인용하는 것을 막지 못하는 것이 현재의 상황입니다. 가리옷 사람이 중요하다면 악마인 요한과 계약하는 것이 그들에게 어울리는 일입니다. 가리옷 사람은 그들의 유다입니다.) 성서 본문을 다루는 한 재판에서 어떻게 의견이 다를 수 있습니까? 성서가 각자의 판단에 따라 조금씩 고쳐서 만든 교정본이라도 있다는 말입니까? 여기 한 구절은 줄을 그어 지워 놓았고 — 재판관들은 사도였던 유다가 베드로의 명령에 의해 마티아로 대체되었다는 것에 대해서는 아무 말도 하지 않고 있습니다. — 저기 한 단락은 내용을 변형시켜 놓았습니다. 그리하여 짐승의 가죽을 벗기던 박피장(剝皮場)이 거룩한 장소로 설명되고 있습니다. 옹기장이의 밭은 순교자의 무덤으로 설명되고 있습니다! 유다가 목을 맸던 그 나무는 곧바로 그리스도의 십자가와 비교되고 있습니다. *제3의 비교로서* 나무라니, 정말로 기막힌 방법이군요! 유다가

137

죽은 자들 가운데 맏이라니요!

제가 마음의 평정을 잃은 것을 용서하시기 바랍니다. 이곳은 빈정대기 위해 모인 장소가 아닙니다. 흥분은 필요 없습니다. 사건은 명확합니다. 한 문장이면 충분합니다. 그 문장은 다음과 같습니다. 판결 사유에서 성서와 교회의 가르침을 그 근거로 내세울 수 있다고 법정이 주장한다면 그것은 거짓말을 하고 있는 것입니다.

교황청에서 임명한 신앙검찰관인 저는 다음과 같이 저의 입장을 밝힙니다. 법정의 주장은 처음부터 이단이었습니다. 유다는 순교자가 아니었습니다. 유다는 범죄자였습니다. 하느님께서 그가 죄를 짓는 것을 허용하셨다는 것을 고려한다 할지라도 그것은 마찬가지입니다. 왜냐하면 *허용한다*는 말은 *오도한다*는 의미를 갖지 않으며 더구나 *정해놓는다*는 의미를 갖지도 않기 때문입니다. 유다는 자신의 자유를 가지고 있습니다. 하느님께서 그가 죄를 짓도록 미리 결정하신 것이 아닙니다. *하느님께서는 인간이 죄를 짓는 것을 허용하기는 하셨지만 강요하지는 않으십니다.* 하느님께서는 유다가 죄를 짓는 것을 *허용*하셨지만 *강요*하시지는 않았습

138

니다. *하느님께서는 유다를 충동질하지 않으셨습니다!*
이보다 더 자세한 것은 모두 다 성경에 쓰여 있습니다.
성경의 언어는 뜻이 명백합니다.

성서는 말합니다. 유다는 배신자였다.

성서는 말합니다. 유다는 위선자였다.

성서는 말합니다. 유다는 순수하지 않았다.

성서는 말합니다. 유다는 믿음이 없었다.

성서는 말합니다. 유다는 우리 주 예수를 속였다.

성서는 말합니다. 유다는 하느님의 심판을 피하려는
시도를 했다.

성서는 말합니다. 유다는 모든 선한 이들의 적이다.
곧 그는 주님의 적이었다. 사도들의 적이었다. 경건한
마리아의 적이었다. 성 베드로의 적이었다.

성서는 말합니다. 유다는 어둠의 자식이었다. 부패의
자식이었다. 지상에 있던 사탄의 대리인이었다.

성서는 말합니다. *유죄. 유죄. 유죄.*

이 판결 — *유다는 저주받고 버림받았다* — 은 우리
교회의 가르침과 예술 작품의 내용과 민중 사이에 전래

된 이야기와 민담 및 전설의 내용과 일치합니다. 그리고 그것은 시골 사람들이 오늘날까지 이야기하고 있는 전설적인 성자들의 이야기와 일치합니다. 사람들은 유다가 등장하여 지독하게 은전을 추구하고 있고, 그 유다에게 성모께서 *이 아이를 잘 돌보아 줘요* 말씀하시며 당신의 아들을 맡기시는 내용이 들어있는 종교극을 찾아가서 관람하고 생각을 합니다. 그리고 여러 그림들에서 그는 양들 가운데 존재하는 육식 짐승으로 나타납니다. 의인의 무리 속에 있는 악인으로 나타납니다. 손에는 돈자루를 들고 삐딱한 눈과 사악한 시선을 갖고 있습니다. (알려진 바로는 위대한 레오나르도는 몇 달 동안 밀라노의 우범지대에서, 배신자의 모델로 쓸 만큼 얼굴이 야비하게 생긴 한 사람을 찾아 헤맸지만 결국 그런 사람을 찾지 못했다고 합니다.)

그 다음은 시인과 동화작가의 세계를 살펴봅시다. 유다는 팔에 이브의 뱀을 감고 있습니다. 유다는 예수의 발꿈치를 물고 있습니다. 나무에 매달려 있는 유다는 손에 내장을 들고 있습니다. 그의 영혼은 항문을 통해 빠져나갔습니다. 그리스도의 입술이 닿았던 그 입은 막혀 있습니다. 죽음의 계획이 나왔던 내장은 피묻은 올가미 때문에 엉망진창으로 망가졌습니다. 언젠가 "나는 그를 배반할 거야" 하는 말이 흘러나왔던 목은 삼베 밧줄로 졸렸습니다. 유다는 공중을 날아다니는 악마들에 둘러싸여 떠다니고 있습니다. 하늘에도 집이 없고 땅에도 집이 없습니다. 유다는 하느님과 사람들에게 저주당했습니다.

유다는 언제나 다시금 유다입니다. 그는 공동묘지에 있습니다. 피의 밭에 있습니다. 머리가 셋 달린 악마의 이빨에 꽉 물린 채 지옥의 가장 밑바닥에 있습니다. 그의 머리는 이미 악마 벨리아르의 목구멍 안에 들어가 있습니다. 몸뚱이는 살로 된 떡이 되어 악마의 혓바닥 위에 놓여 있습니다. 발은 허공에서 버둥거리고 있습니다.

유다는 얼굴이 흉측하게 생긴 인간입니다. 그의 음경은 탑처럼 높이 솟아있습니다. 그의 몸통은 고름과 벌레들이 뜯어먹고 있습니다. 그의 몸은 몹시 살이 쪄서, 마차가 빠져나갈 수 있는 곳도 지나가지 못할 정도입니다.

유다는 추악한 괴물입니다. 절름발이이며 머리에 뿔이 났습니다. 유다는 고리대금업자입니다. 음흉한 미소. 은전을 바라보는 시선. 노획물을 노리는 발톱. 유다는 유다만의 특별한 혀를 가지고 있습니다. 유다는 유다만의 특별한 귀를 가지고 있습니다.

이것은 혼란스런 상상력의 소산이 결코 아닙니다. 이것은 사디즘과는 전혀 관계가 없습니다. 완전히 정반대입니다. 이 모든 것은, 악마는 여전히 악마로 — 성인 유다가 아니라 — 불릴 수 있는 확고한 가치체계를 지닌 건전한 시대정신을 위해 유리한 증언을 하고 있습니다. 여기에서 경건함이 나타납니다. 여기에서는 대상을 곧이곧대로 부를 수 있는 용기를 가진 사람들이 말을 합니다. 그러나 누가 오늘날에도 여전히 이 일을 감히 할 수 있습니까? 배신자들에게 작위수여증을 써 주는 지금, 유다의 성격적 결함에 대해 단호하게 언급한, 뮌헨의 대주교 F 추기경만큼 결연한 성품을 지닌 신뢰받을 만한 사람이 누구입니까? F 추기경은 1932년에도 *유다의 배교*에 대한 설교에서 다음과 같은 한 문장의 말로 단호하게 표현하였습니다. "유다의 정신이 저

142

지르는 위선은 아직도 말살되지 않았는가?" 이 말은 마치 *오늘날에도* 유다들의 수가 별로 많지는 않지만 남아있기는 하다는 것처럼 들립니다! 그건 마치 … 아니, 그래서 저는 단호히 이야기하겠습니다. 저의 말은 어차피 분명합니다. F 추기경의 말은 유다들이 이제 완전히 사라져야한다는 주장인 것입니다.

본인은 소송 전체를 취하할 것을 주장하며, 아울러 이단이 입증되었기 때문에 증인과 재판관을 고발할 가능성을 남겨두고 있다는 것을 강조하는 바입니다. 악마와 그 앞잡이들을 생각하면 필요한 것은 칼뿐입니다. 그것은 참수용 칼입니다. 그것은 교회 권위의 무기입니다. 경건한 말로 하기에는 이제 너무 늦었습니다. 만일 오늘 가리옷 유다가 복자로 선언된다면 내일은 사탄이 그렇게 될 차례입니다. 그것을 막기 위해서 우리는 악한 것은 악한 것이고, 적은 적이라고 — 원래 외부의 적을 말하는 것이지만 내부의 적은 더욱 더 중요합니다. — 말할 용기를 가져야만 합니다.

하느님께 영광이 있기를 빕니다.

모든 유다들을 위해

에토레 P. ⑥ - 회고

하느님께 영광이 있기를 빕니다. — 내가 요약한 재판 과정 발췌록의 첫 번째 말이었던 이 말은 또한 발췌록의 마지막 말이기도 했다. 1962년 5월 18일 나는 그 작업을 시작했는데, 1년 뒤 같은 5월에 결말을 쓰고 마지막 문장의 마침표를 찍을 수 있었다. 나는 4일 후에 보고관 추기경께 발췌본을 넘겨 드렸고, 그 분은 복사본을 만들어서 주요 고위 성직자들과 예부성성의 학술 고문들에게 나누어주었다. 두 달 후에는 — 어쩌면 몇 주 정도 후에라도 — 추기경단은 교회법전의 조항 2082조에 의거, 유다 소송 건의 시복심의 신청에 대한 승인 여부를 판정할 수 있을 것이다. 내가 보기에는 이것은

145

신앙검찰관이 주도하는 표결에 따라 *불가*라는 답변만이 가능한 문제였다. 나는 그래서 신속한 판결을 예상하고 있었다.

그러나 나는 잘못 생각하고 있었다. 1974년 10월 14일 오늘은 (사람들은 이 날을 교황이자 순교자인 칼리스투스 1세*의 축일로 지키고 있었다. 그는 로마 황제 알렉산데르*의 명령으로 투옥되어 고문당하다가 우물에 빠져 죽은 후 천상의 영광에 들어갔던 순교자이다) 내가 보고관 추기경을 위해서, 교황청의 주요 고위 성직자들을 위해서, 그리고 나 자신을 위해서 유다 소송건을 서류에 충실하게 기술해 보려고 시도했던 이래로 12년도 더 지난 때이다. 12년 전에는 그 위대하신 교황께서 여전히 살아 계셨을 때였다. 그때는 신선한 바람이 불었다. 사람들은 새로운 목표를 향해서 나아갔으며, 과거에는 명백했던 금기가 날이 갈수록 금기로 여겨지지 않게 되었다. 그때보다도 약 10년 정도 전이라면 아무도 감히 생각하지 못했을 질문들이 제기되고 있었다.

그러다가 모든 것이 이미 과거의 일로 되어버렸다.

바람은 가라앉았다. 로마 사람들은 그저 작은 비바람이 지나갔을 뿐이라고 말한다. 금기는 다시 금기가 되었다. 성도 로마는 늘 평화롭다. 종교재판소는 늘 깨어있다. 거역하는 사람은 경고를 받는다. 반항적인 사람은 그 지위를 잃으며, 개혁자는 반란자로 불린다. 나는 그것을 몸소 체험하였다. 나는 더 이상 전권 대리인이 아니다. 사람들은 나에 대한 재판을 열어서, 내 직위와 자격을 박탈하였다.

에토레 P. ⑦ - 베르톨트 신부와의 만남

나는 지금 '에토레 J. 페드로넬리'라는 이름으로 피렌체 근처에서 살고 있다. 한 때 에토레 P였으며 법학박사이자 신학석사인 나는 보수적인 성향의 중년남자였고, 신앙검찰관의 메모에도 나타나 있었던 것처럼, 신앙검찰관과도 대주교만큼 친하게 지내고 있었다. 1964년 가을, 4년전 유다 소송 건을 주도적으로 이끌었던 프란치스코 수도회 베르톨트 B 신부가 나 에토레 P를 찾아왔을 때, 나는 다마스커스에서 개종했던 사울이 되어버렸다. 그에게서 나는 처음으로 그 재판의 판결이 아직까

147

지도 내려지지 않았다는 것을 알게 되었다. (한동안 나는 새로운 일에 몰두해 있었기 때문에 그를 잊고 있었다. 재판에 관련되었던 내 임무는 모두 끝냈는데, 그 재판 과정에 대해서 물어볼 수 있었던 유일한 사람인 보고관 추기경은 더 이상 생존해 있지 않았다. 그 분은 내가 발췌본을 넘겨드리고 나서 몇 주 후에 예기치 않게 타계하셨다.)

유다의 소송은 소문이 널리 퍼졌고, 누군가 실수인 척 일부러 소문을 냈다는 이야기도 돌았다고 B 신부는 말했다. 한 진보적인 성향의 신학자 그룹은 (이들 중 몇몇은 유다를 복자의 자리에 올리는 것에 대해서는 찬성하지 않았지만, 그 가리옷 사람을 명예 회복시키는 데 대해서는 찬성했다고 한다) 전체 신학자들이 공식적인 거사를 일으켜야 한다고 여러 번 을러댔고, 예부성성 측에서는 이것을 걱정했다고 그는 말했다. 판결 자체는 문제가 없었지만 판결 사유가 문제가 되었다는 것이다. 예부성성 측은 유다에게 다시금 또 한번 내려질 유죄 평결과 (당연히 그런 결정이 내려질 것이기 때문에) 그로 인하여 나타나게 될 논란에 관해 여러 가지 난점들이 예상되고, 또 오랫동안 판결을 기다리고 있던 다른 재판들(모두 합하면 800건도 더 되었다고 한다) 중에는 매우 비중 있는 사건들도 있었기 때문에 판결을 최소한 2년 정도 미루기로 했다고 한다. B 신부는 그래서 참고 기다려야 했다. 가장 좋은 방법은 그가 예루살렘으로 돌아가는 것이었고, 그랬으면 그의 수도회 식구들이, 특히 수도원장이 기뻐했을 것이라고 말했다. 그는 사람들이 그를 필요로 할 때면, 즉시 연락을 해줄 것으로 믿고 있었다고 말했다. 그에겐 매우 중요했던 이 일을 위해 재판에 쏟아 부을 시간이야 얼마든지 있었다고 했다. "아마 한 5, 6년 정도쯤이면 될까?"(물론 8년이나 10년이 될 수도 있다고 생각했다고 했다. 이런 사건들의 경우에는 정확한 것을 말할 수 없다고 그는 말했다.) 그 사이 그는 조용히, 유다 소송 건이 우선은 정치적인 사건이라는 점과 신학적 충격을 고려하여, 그것이 신중한 접근을 필요로 하고 있다는 점을 한 번 더 생각해 볼 수 있었으며, 그때는 조심성과 신중함, 외교적 태도가 매우 중요했다고 말했다. B 신부는 그동안 몇 주 또는 몇 달 동안 자기가 노골적으로 취했던 신념에 찬 태도는 전혀 적절하지 않은 것이었다고 털어놓았다. 그의 처신은 호의적인 생각을 품고 있는 사람에게도 도발적인 인상을 주었다는 이야기가 애덕의 방* 안에 오갔다더라고 말했다.

그것은 의심의 여지없이 일종의 경고였다. 그리고 B 신부도 그것을 그렇게 알고 있었다. 그러나 포기하기는 커녕 그는 그 일을 몇 배나 더 열심히 계속 추진하였다. 교황 성하께 진정서를 제출하고 교황청의 고위 성직자들을 찾아다녔으며 길거리에서 만난 학술 고문에게 매달리기도 했다. 그는 추기경들에게 비공식 접견을 요청했으며 로마에서 영향력을 갖고 있는 것으로 알고 있던 신학자들에게 편지를 썼다. 그러나 간단히 말하자면 그에게는 기회가 없었다. 그는 우리 교회의 고위 성직자들에게 유다의 소송 건을 상기시켜주기 위해서는, 야비한 일도 불손한 공격도 서슴없이 저질렀다. 그러나 그가 애를 쓰면 애를 쓸수록, 그가 찾아갔던 사제들은 더 등을 돌렸다. 편지는 뜯지도 않은 채 돌아왔다. 설문은 빈 칸으로 남아있었다. 그가 도움을 청하자 수도원 동료들까지도 거부했고, 그가 거주하던 수도원에서는 사람들이 그를 피해 다녔다. 가는 곳마다 도처에서, 그에게 정신이 혼미한 사람이라는 불평분자라는 딱지를 붙였다. "저기 유다가 온다" 하는 소리가 심심찮게 들렸다. 그러나 B 신부는 동요되지 않았고 자신의 적대자들보다 조금씩 더 앞서 나아갔다. 누구의 지시에 따라 그랬는지는 오늘날까지 분명치 않지만, 적대자들이 그때까지 그에게 주었던 경멸은 공공연한 테러로 바뀌었다. 한 번은 누군가 분필로 그의 방문에 J 라는 글씨를 갈겨써놓았고, 또 그는 겉봉에 '배신자 유다 B에게'라고 쓰인 편지를 받은 적도 있었다. 그리고 길거리에서 *이제 포기하라*는 글이 적힌 쪽지를 손에 쥐어주는 사람도 있었다.

마침내 신부의 상급자들은, 그가 계속 그런 고집불통의 행동을 한다면 소환을 고려하겠다는 통보를 그에게 보냈다. 그것은 그가 내게 오기 전날에 일어난 일이었다. 그는 예고도 없이 밤늦게 당황한 표정을 하고 나를 찾아왔다. 나는 그를 들여놓지 않으려 했는데, 내가 그를 도와야 한다며 내게 매달렸다. (그런데 도대체 그가 누구더라?) 하지만 내가 그 사람을 알고 있지 않은가!

(그의 이름을?) 내가 그의 청원서를 읽었을 텐데. (그가 무슨 말을 했었지?) 가리옷 유다를 변호했던 사람이었지. (왜 그는 생각을 바꾸지 않지? 그는 결국 B라고만 불리어도 좋다는 것인가?) 그는 내가 자기의 마지막 희망이라고 했다. (그는 예루살렘 출신이라고 했던가?) 그가 들어와도 되는 것일까? 나는 그에게 들어오라고 하였다. 우리의 대화가 시작되었다. 다마스커스로 가는 길에 서 있는 사울 ─ 그리고 그 사울을 개종시키고 자신의 후임을 떠맡기려던 사람은 유다의 추종자 중 한 사람이었다. 내가 B 신부를 쳐다보았을 때, 나는 그가 언제나 우리 중에 있었던 한 사람임을 알게 되었다. 그는 파란을 일으키는 사람인 유다, 그는 법의 보호를 받지 못하는 사람인 유다였다. 종교재판의 희생자. 신앙검찰관의 희생자. 그를 도와야 했다.

에토레 P. ⑧ ─ 모든 유다들을 위해

내 결심은 확고해졌다. ─ 나는 모든 유다들을 위해, 한 사람이 맡아서 하던 일을 지지해 주어야 한다. 나는 필요하다면 이 소송 건을 넘겨받아야 한다. (그럴 **필요**

가 생겼다. — B는 중병에 걸려 있었다. 의사들은 그의 정신이 심하게 피폐해졌다고 말했다. 그동안 그를 돕던 재판관들과 증인들은 주로 서면으로, 사임하겠다는 답장을 매정하게 보냈다. 의미가 없다는 것이었다. 이 사건은 끝났다는 것이었다. 이러한 특별 종교 재판은 자기들 신상에 여러모로 영향을 미친다고 했다.)

그 다음날 작업에 착수하여 계획의 밑그림을 꼼꼼히 그려보고 나니 모든 것이 다르게 보였다. 이제 유다는 내게 서류상의 그림자가 아니라 지금 살과 피로 이루어진 한 사람, 영혼과 운명이 있는 한 사람이 되었다. 나는 서류 사본을 조사했고 성서 본문들을 검사하며 성서 해석들을 비교해 보았다. … 그리고 계속 읽으면 읽을수록 유다의 형상이 뚜렷하게 모습을 갖추어 갔다. 신앙검찰관의 입장에서 보면 그의 주장에도 충분히 일리는 있었다. 유다는 사람이 아니라 짐승이요 악마였다. 그렇다. 예술가들, 조각가들, 문학 작가들과 화가들이 그를 그렇게 만들었다. 그를 식탁 가에 앉아 있는 무뢰한으로, 유대인의 특징적인 코와 넓은 뺨, 노란 수건으로 감싼 유대인 특유의 붉은 머리를 갖고 있는 무뢰한으

로 묘사하였다. 노란 수건은 노란 질투와 노란 탐욕을
의미한다. 유다는 경건한 사람들과 떨어져 있다. 사람
들은 아무 말 없이 귀를 기울이고 있다. 유다는 겁을 주
듯이 요란스럽게 쿵쾅거리며 물고기를 식탁에서 훔친
다. 은을 자루에 담고 포도주를 엎지르며 의자를 밀쳐
넘어뜨리고, 주님의 손에서 사탄의 빵 조각을 날쌔게
낚아챈다. 그는 하마의 주둥이를 가졌고 고릴라의 발,
두더지의 심장을 가졌다. (어느 고위 성직자가 다음과
같이 기록했다. "어둠의 아들인 두더지가 고귀한 독수
리와 함께 하는 이렇게 수치스러운 식사를 누가 보았는
가? 저녁시간에 유다는 방을 떠났다. 염소가 달아난 것
이다. 그리고 그가 나갔을 때, 그의 머리는 돌처럼 무거
웠고 그의 얼굴은 달아올랐으며, 표정이 찌그러졌고 심
장은 두근거렸으며, 마음이 심란해졌고 이를 부드득 갈
았으며 무릎은 덜덜 떨렸다. 그는 생각이 없는 사람이
었으며 이성을 잃은 사람이었다.")

    머리 주위에 후광을 두른 경건한 사람들 및 고상한 사
람들과 그는 얼마나 비교가 되는가! 그들은 기도한다.
그는 손장난을 한다. 그들은 서로 대화를 나눈다. 그는

방귀를 뀌고 흥얼댄다. "유대인이 화려한 생활을 자제한다면 하늘의 천사들이 춤을 출 것이라네."

유다는 금발의 인간들 사이에서 홀로 머리가 검은 인간이다. 남들은 중심에 있고 그는 변두리에 있다. 남들은 거인 같은 존재고, 그는 난쟁이 같은 존재다. 아무튼 그는 다른 존재이다. 열 한 명의 제자들이 함께 집단을 이루고 있고, 그만 홀로 서 있다. 그의 친구들로는 악마와 짐승과 유대인들이 있다. 개와 털 뽑힌 닭, 지옥의 영혼과 뾰족한 모자를 쓴 남자들이 있다.

모두들 그에게 침을 뱉고, 그를 비웃었다. 그리스도는 십자가에서 영광스러운 휴식을 취하고 계신다. 그리스도의 발은 받침돌 위에 든든히 서 있다. 공동체는 자신의 주님을 모시고 있다. 유다는 나무에 매달려 죽어 있다. 그의 다리는 공중에서 버둥거리고 있다. 그의 돈자루는 뒤집어졌고 은전들은 아무런 쓸모가 없다.

그는 야유를 받았고 버림을 받았다. 11명의 제자들은 교회로 간다. (교회는 곧 *묵주와 십자가*를 의미한다.) 한 사람은 유대교당으로 간다. (유대교당은 곧 *고문 도구와 부러진 몽둥이*를 의미한다.)

155

이 한 사람에게만 분노와 증오가 몰려있다는 것을 나는 서서히 알게 되었다. (그리고 나는 오늘날에도 역시 그렇다고 알고 있다.) 유다는 신앙인들 가운데 회의주의자이다. 맹목적인 순종을 맹세한 많은 사람들 중에서 유일하게 자립적인 능력을 갖고 있는 사람이다. 거침없이 달려나가는 사람들 가운데 망설일 줄 아는 사람이다. 조심성 없는 사람들 가운데 위험을 알려주는 사람이다. 돈을 헤프게 쓰는 사람들 가운데 살림을 꾸릴 수 있는 사람이다. 유다는 '아니오'라고 말할 수 있는 사람이다. 신의 저주로 사랑을 받지 못하는 여인이 되어, 장차 일어날 일을, 믿지 않는 자들에게 말해주어야 하는 운명의 예언녀인 카산드라다. 오늘은 기쁨이 있고 내일은 무덤이 있다. *

유다는 낮보다 밤과 더 친한 사람이었다. 하늘의 신 주피터가 아니라 농업의 신 사르투르누스의 아들인 그는 *생각*을 너무 많이 하였다. 그는 예라고만 말하는 사람들에게, **오늘**뿐만 아니라 *내일*도, *기독교*뿐만 아니라 *유대교 신앙*도, *삶*뿐만 아니라 **죽음**도 선택할 수 있다는 것을, 자신의 참 삶을 통해서 가르쳐 준 아웃사이더였다. 모두가 일제히 그에게 증오라는 이름을 붙여 주었다. 그것은 요한의 공격에서 비롯된 교의학자들의 분노였다.

조사하는 동안, 처음에는 성도 로마에서 일을 하였으나, 교리교육 자격을 빼앗긴 이후에는 피렌체의 작은 마을에서 일했다. 나는 처음으로 그 통분을 이해하기 시작했다. 그것은 법정이 요한의 주장을, 경쟁자를 매장시키려 했던 한 도덕주의자의 장황한 설명에 불과하다고 말함으로써 신앙검찰관을 격분하게 했던 열정이었다. 내게는 **이 요한** (Johannes iste, 나의 혐오감을 분명히 알리기 위해서 라틴어로 말하고 싶다)이 교회가 가르친 바와 같은 우리 주님의 순결한 애제자가 아니었다. 그는 십자가 아래에 있는 신앙심이 깊은 사도가 아니었다. 에페소의 고위 성직자가 아니었다. 끓는 가마솥의 순교자가 아니었다. 파트모스 섬에 유배되었던 사람이 아니었다. "자녀들아 서로 사랑하라" 말하던 100살의 복음서 저자가 아니었다. 요한은 내게 언제나 복음서 저자였을 뿐, 사도가 아니었다. 그는 예수의 제자가 아니라 광신도였다. 원시 기독교의 신앙검찰관이었다. (내가 요한

을 신앙검찰관으로 공공연히 딱지를 붙인 것은, 그를 수
호성인으로 받드는 바구니 제조공과 거룻배 사공, 포도
를 재배하는 농민들의 증오를 샀을 뿐만 아니라, 마침내
나를 로마에서 떠나도록 했다.)

　그러나 나는 내가 한 말을 지킬 것이다. 그리고 나는
나 자신을 변호할 방법을 알게 될 것이다. 아무도 반유
다주의와 반유대주의의 예민한 차이를 내게 제시하지
못한다면! *"너희 유대인들은 악마의 자식들이다. 악마
가 너희의 아버지이다"* (요한복음서 8장 44절) 하는 문
장을 수십번씩 강조하는 사람이 없다면 ― 그리하여 그
말을 우리 신학자들이 말하는 것처럼 근본주의적인 의
미로 이해하지 않는다면. *한때는 너희가 아브라함의
자손이더니 오늘은 세상의 자식이도다* 말하며, 자신이
유대인으로서 동족에게 오직 배교(背敎)에 대해서만 질
책하려 했던, 경건한 요한에 대해서 말하는 것을 이제
그만둔다면.

　세상을 감히 선과 악, 경건하고 악한 것, 기독교적인
것과 유대교적인 것, *우리*와 *그들*, 흑과 백으로 나누어
버리는 데 반대하는 모든 것들에 관해 요한 복음서의 이

구절은 어떻게 말하고 있는가? 유다의 형상에 악마가 나타나게 만든 한 남자가 그 유다에게 — 냉정하게 곰곰 생각한 끝에 — 카인의 표지를 이중으로 새겨 넣었다. 배신의 표지이며 고리대금업의 표지 … 바로 가리옷 유다를 뜻하는, 이 두 상징이 우리 시대에까지 전래된 것이다. 공의회 도중 독일 파시스트들이 배포했던 비방문과 반유대적인 논문이 생각난다. 이런 글들이 유다를 전체 유대인의 대리인으로 만들었다. 그래서 유다는 유대인 거주 지역의 고리대금업자이며 악덕상인이 되었다. 유다는 배신자가 되었다. 유다는 예수를 따르지 않았기 때문에 망해서 없어져야 할 어떤 민족의 대리인이 되었다. 유다는 악마의 자식들에게 악마의 예술을 가르치는 악마의 아들이 되었다. 개신교도인 마틴 루터는 요한의 본을 받아 이렇게 기록하고 있다. "저주받은 백성인 나는 유대 민족이 어디서 그런 높은 수준의 예술을 얻게 되었는지 이해할 수 없다. 그것은 다음과 같은 사실을 생각하지 않고는 이해할 수 없는 일이다. 가리옷 유다가 스스로 목을 매어 자살했을 때, 목매 죽은 사람들의 시신이 그렇듯이, 창자가 갈기갈기 찢어지고 오줌

보가 터졌다. 유대인들은 금주전자와 은대접을 들고 있는 하인들에게 유다의 오줌과 또 다른 성체*를 모으게 하고는 그것들을 서로 먹고 마셨다. 우리는 마태오도, 이사야도, 다른 모든 천사들도 그리고 저주받은 우리 백성들은 아직도 볼 수 없는 성서 여백의 보충 내용을 그 유대인들은 알고 있다."

사실은 여기에 요한이 뿌린 씨가 (그 사람만 뿌린 것이 아니다. 하느님, 제가 화내는 것을 용서하소서) 싹 트고 있다. 여기서 부는 바람은 폭풍이 될 것이다. *유대인들을 마구간에 가두어라. 그들 중 젊은 사람들에게는 강제 노역을 시켜라. 그들의 자유 통행권을 박탈하라. 그들을 집시처럼 다루어라. 그들은 인간이 아니다. 유다가 했던 행위를 생각하라. 생각하라.* … 이것으로 충분하다. 나는 더 이상의 말은 아끼고 싶다. 나는 독자들에게, 복음서 저자인 요한의 진술들을 루터가 쓴 "유대인들과 그들의 거짓말에 대해서"라는 글과 연관시켜서 점검해볼 것을 부탁한다. 그러면 나에게 신성모독의 죄를 덮어씌우는 몇몇 사람들은 좀 더 신중한 판단을 하게 될 것이고, 신앙검찰관이 호전적인 이원론이라고 부른 "한 건전한 시대의 가치 체계"란 글을 더 비판적으로 보게 될 것이며, 계몽주의 정신과 관용의 성향을 지니고 있는 나의 입장을 이해하게 될 것이다. (복음서 저자인 요한을 파시스트와 동등한 위치에 놓고, 바로 *이단자*로 몰거나 *독가스*와 같다고 주장하는 것은 내 의도와 거리가 있음을 유의하기 바란다. 그러나 마찬가지로 반유대주의자들이 이 소수민족을 탄압했던 것을 용서받을 수 있는 근거로, 2000년 동안 지속된 요한의 유대인 이해를, 그러니까 구체적인 생생한 증거로서 그 중심에 가리옷 유다가 위치하고 있는 그런 유대인 이해를 내세웠다는 것을, 그리고 그것이 결코 순수한 오해가 아니라는 것을 잊어버리자고 하는 것도 또한 내 의도와는 거리가 있다.)

법정은 옳았다. 신앙검찰관은 잘못 생각했다. 인간의 형상을 한 악은 요한을 만족시킬 수 없었다. 그 때문에 요한은 자신보다 앞서서 루가가 했던 것보다 훨씬 더 악한 인간상을 만들어, 그에게 유다라는 이름을 주었다. *그러나 유다는 가난한 사람들을 중요하게 생각해서 이런 말을 하지 않은 것이 아니라 — 거지들이 유다와 무*

슨 상관이 있었던가. ― 그가 도둑이었기 때문에 그런
것이다. 그는 돈주머니를 맡아 가지고, 거기서 돈을 몰
래 꺼내가는 사람이었다. ― 그는 언제나 그 돈을 자기
돈주머니에 따로 넣고 있었다. 한 사람의 저자가 쓴 이
문장이 ― 누가 알겠는가! ― 가장 중요한 말이라고 내
가 믿는다면, 그리고 이 문장이 일종의 모델을, ― 한
유대인이 그리스도의 역할을 하려고 하고 있으며, 자신
이 유대인이라는 사실이 밝혀졌다는 것을 알고 있다 ―
어떤 마술적인 주문의 힘을 갖고 있는 모델을 그려주고
있는 것이라고 내가 믿는다면 나는 스스로 잘못 생각하
는 것일까? 1932년에도 신앙검찰관의 주요 증인인 F 추
기경이 유다의 *성격적 결함*을 비난했다는 것을 고려한
다면, 이 단 한 구절에 어떤 힘이, 어떤 도발적인 힘이
있는 것일까?

이 보고서의 독자 여러분은 이제, 왜 내가 유다의 소
송 사건이 잊혀지지 않게 하기 위하여 싸우는지, 그리
고 왜 내가 10년 동안, 먼저 예부성성 앞에서, 다음에는
자문위원회 앞에서, *유다의 시복 재판을 위해* 베르톨
트 신부의 후계자로 나서게 되었는지를 이해할 수 있겠

는가? 여러분은 왜 내가 방문한 ─ 물론 문지기에 제지 당하지 않은 경우에 한해 ─ 곳의 비서들이 "저 봐! 유다가 다시 로마에 나타났네" 하며 날 받아들이지 않고 비웃는 데도 불구하고 이 일을 포기하지 않는지 이해할 수 있겠는가? 여러분은 내가 왜 진정서에 대한 진정서를 만들고 세속의 관청과 교회에, 기독교 성직자들과 유대교 성직자들에게 나의 서신을 회람시키기 위해 온 힘을 다해 노력하고 있는지 생각할 수 있겠는가?

여러분은 유다가 배신자나 위선자가 아니라 주님께 선택받은 사람이며 믿음이 가장 깊은 사람이라는 것을 아직도 여전히 깨닫지 못하겠는가? 이런 꽉 막힌 사람들! (용서하시오. 나도 역시 반대편에 섰던 사람이라는 것을 알고 있다. 만일 B 신부의 모습으로 나타난 한 명의 유다 추종자를 실제로 만나지 못했다면, 나는 가리옷 사람을 이미 잊어버렸을 것이다.) 아니다. 나는 비난할 자격이 없다. 그러나 이제 마지막으로 내 입장을 고백할 권리는 있다고 생각한다.

내가 아는 유다는 하느님께서 자기에게 요구하신 일을 했다. *네가 오랫동안 준비한 일을 행하라. 어서 시*

작하여라. 그는 이미 하느님께 봉헌되어 있었다. 그는 하느님께서 요구하시는 것이 무엇인지 정확히 알고 있었다. (그가 그리스도를 죽여야 하는 것보다, 그리스도 대신 죽는 것이 얼마나 더 쉬웠겠는가? 그리고 얼마나 더 영광스러웠겠는가?) 그러나 그는 그 일을 수행했다.

이것과 다른 주장을 펴는 사람은 예수를, 우리를 가지고 놀며 시험에 들게 하고 범법자로 만드는 마귀로 바꿔놓는 것이다. 그러나 나는 그러한 예수 믿기를 거부한다. *"그가 빵 조각을 쥐었을 때 악마가 그에게 들어갔다."*— 거룩한 성찬의 빵을 청산가리 캡슐로 바꿔놓는 그처럼 은총이 없는 신인(神人)을 나는 믿지 않을 것이다. 나는 그 사람을 영원히 버렸으면서 그의 자유에 대해 동시에 이야기하는 것이 이치에 어긋나지 않는다고 말하며 나를 설득하려는 신앙검찰관의 교리도 믿기를 거부한다. 나는 하느님께서 구름 위의 체사레 보르지아*처럼 단호하게 유다를 희생물로 결정하셨으며, 그럼에도 불구하고 시카리가 (이 말이 유다의 정체성을 나타낼 수도 있을 것이기에 이 말을 썼다!) 자신의 행동에 책임을 져야 한다는 것도 믿기를 거부한다. 버림받았는데 유죄라고! 아니다. '불합리하기 때문에 나는 믿는다'는 말은 내 입 밖으로 나오지 않는다. 나는 나의 자유가 그리고 유다의 자유가 커지면 하느님의 자유가 축소된다는 것을 믿기를 거부한다. 나는 유다가 자유로운 자신의 결정에 따라 — 그리고 하느님께서 그렇게 하기를 원하셨기 때문에 — 그리스도를 넘겨주었다는 것을 단 1초라도 의심하는 것을 거부한다. 그렇다. 나는 거부한다.

B 신부가 진술하고 법정이 승인한 이 논증은 반박의 여지가 없다. 그것은 신앙검찰관의 주장을 통해서는 결코 흔들리지 않는다. (신앙검찰관은 12 사도 중 하나였던 유다의 자리에 마티아가 대체되었다고 한다. 그러나 사도가 나중에 추가로 선택된다는 말은 그 자체가 모순이며 후대에 끼워 넣은 말이라는 사실을 그는 의식적으로 말하지 않고 있는 것이다. 누군가가 새로운 사도를 선택해야 했다면 — 실제로 유다가 배신자였다고 가정하고 — 누구보다도 부활과 승천 사이에 예수께서 몸소 그렇게 하셨을 것이다! 그러나 배신자는 없었다. 유다가 배신을 통해서 누설하려 했던 것은 도대체 무엇인지

에 대해서 신앙검찰관은 아무런 이유 없이 침묵하고 있다. 혹시 예수의 거취에 대한 것을 누설했다는 것인가? 그 분에 대해서는 수 천 명이 알고 있지 않았는가! 과월절에 도시는 이스라엘 전역에서 온 순례자들로 붐볐고, 게쎄마니는 돌 던지면 닿을 만큼 도심에서 가까운 곳에 있었다. 그 내용은 신앙검찰관의 논증에도 들어있다.)

가리옷 유다를 (스스로 십자가에 못 박히는 것보다 예수님을 희생시키는 것이 더 힘든 일이었으므로) 복자의 자리에 올려야 한다는 청원, 지금은 내가 물려받아 나의 짐이 되어버린 그 청원의 내용과 다른, 내가 논리정연하다고 생각하는 이론(異論) 하나를 소개한다면 그것은 다음과 같다. "유다는 없었다. 주요 증인인 바울은 열두 제자 중 배신자를 알지 못한다. 유다는, 자기들만이 진리를 대표하고 자기들 그룹 내에서만 구원이 있다고 주장하는 각 그룹들이 — 하나의 그룹은 하나의 신앙 공동체와 같았다 — 통일성을 유지하고 내부의 분열을 처음부터 방지하기 위해서는, 외부뿐만 아니라 내부의 적이 필요하다는 것을 잘 알고 있던 복음서 저자가 고안해낸 인물이었다."

그 때문에, 그는 악한 배신자를 예수 시대에 소급 투영시킨 것이다. *깨어 있어라! 경계하고 있어라!* 하는 경고의 표시였다. 이것은 신앙검찰관의 경고였으며 절대적인 진리의 대표자인 요한의, 즉 외부의 음험한 늑대와 내부의 양가죽을 쓴 배반자들로부터 위협받던 공동체를 똑바로 일으켜 세우려 했던 요한의 경고이기도 했다. (그에게 있어 가리옷 유다는 먼저 태어난 부하린*이었다. 즉, 선한 사람들을 악한 이들에게 넘겨줄 준비가 되어있던 공범자였다. 루시퍼의 용병인 유다에게는 결국 죄의 자백이 남아 있다. *내 범죄의 크기는 한없이 엄청나구나.* — 그리고 죽음이 남아 있다.)

배신자가 필요하기 때문에 누군가가 고안해냈다는 배신자 가설은 의심할 여지없이 설득력이 있는 듯하다. 그러나 나는 그 가설을 믿지 않는다. 그 가설은 너무 단순하다. *어서 그 일을 하여라*며 예수께서 도움을 청하셨다는 것은, 천상에 준비된 열두 보좌의 이야기와 마찬가지로 이 가설에 모순이 된다. 그러나 그 가설이 맞는다고 하더라도 나의 청원을 취하할 이유는 조금도 없다. 반대로 나는 이 청원을 더욱 더 단호하게 견지하고,

167

이 가리옷 사람을 *상징적으로* 복자의 자리에 올릴 것을 주장한다. 그렇게 된다면 유다는, 나의 형제 유다는, 솔직함 때문에 또는 종종 상이한 견해 차이 때문에도 기존 교리의 저주를 (언제나 어떤 방법으로든) 감당해야 했던 수백만 명의 편에 서게 될 것이다. 그렇게 된다면 유다는, 그동안 사람들이 악마로 만들고 속죄양으로 만들었던 모든 대상들 — 유대인과 이교도, 공산주의자, 흑인과 이단자들의 편에 선 암호가 될 것이다. 그렇게 된다면 그는 예심 법정이 인정한 대로 순교자의 영예를 얻게 될 것이다. 또한 그는 나 에토레 J. 페드로넬리가 죽음에 이르도록 충실할 것을 약속하는 우리 가톨릭 교회에 의해 두 번이고 세 번이고 복자의 반열에 오를 수 있을 것이다. 어쨌든 이제 예부성성은 이 문제를 다루어야 한다.

유다에게 경의를.

희생자에게 경의를.

메모

　작가가 재판관의 역할을 할뿐만 아니라 변호인 및 검사의 입장까지 대변하고 있는 이 텍스트는 허구적인 보고서의 성격을 갖고 있습니다. 이러한 형식을 선택한 것은 수 천 번 유죄 판결이 내려졌기 때문에, 이미 종결된 것처럼 보이는 한 사건에 아직도 논란의 여지가 많다는 것을 보여주기 위해서였습니다. 이 책이 입증하려고 시도한 것처럼 이 소송은 새로운 상급 재판의 재심을 필요로 하고 있습니다.

　예루살렘에서 두 사람이 나무에 매달려 죽었다는 것을 잊지 맙시다. 두 명의 희생자가 있었습니다. 피의 밭과 골고다는 떼어서 생각할 수 없습니다.

　유다 소송은, 십자가에 못 박히신 분을 증거하기 위

해 낙인찍힌 모든 사람들의 사건이며, 새로운 판결을 기다리고 있습니다.

재판 기록은 공개되어 있습니다.

발터 옌스

부록

◇ 작품 해설

1972년 옌스는 '마태오의 복음서'의 새로운 번역본을 출간했다. 「마구간에서의 출발 - 교수대에서의 종말: 나자렛 예수」라는 제목에서 우리는 이미 구세주의 탄생과 죽음의 상황은 가난으로 점철되고 폭력적인 죽음으로 잔인한 최후를 맞는 삶의 극단으로 이해하게 된다. 이 책에서 옌스는 옛이야기를 오늘과 연결시키고 사회적 요소에 역점을 두어 이야기하고 있다. 이 책은 따라서 종교적인 보고(복음) 보다는 역사적인 보고, 현세적인 보고에 더 역점을 두고 있는 책이다.

1975년 옌스는 「유다의 재판」(Der Fall Judas)을 발표했다. 단순한 번역보다는 새로운 해석을 가미하려고 노력했던 앞서의 성서 번역 작업이 이 책의 근거를 이루고 있다고 할 수 있다. 따라서 이 책은 유다를 인간적인 측면에서, 현세적인 측면에서 다시 바라보려는 의도에서 쓰여진 책이다. 그래서 주요인물인 유다에게 전통적인 교리에 의해 부여된 배신자의 의미를 다시금 살펴보려 한다.

엔스는 유다의 재해석 작업을 상당히 도발적으로 시작한다. 프란치스코 수도회 신부인 베르톨트 B는 1960년 예루살렘에서 유다를 복자로 올리기 위한 시복심의를 신청한다. 단순히 배신자의 혐의를 벗겨 주는 것이 아니라 복자의 반열에 올리자는 것이다. 그리고 1962년 종결된 예비심사재판의 봉인된 서류가 로마에 보내진다. 여기서 에토레 P는 예부성성의 전권대리인으로서, 교황께서 임명한 보고관 추기경이 사도재판을 열어야 할 것인가 말아야 할 것인가를 판단할 근거를 제시하기 위해 서류꾸러미로부터 발췌본을 만들라는 명령을 받는다. 이 책의 일인칭 화자인 에토레 P는 1974년 현재로부터 당시를 회상하면서 독자들에게 예심재판의 서류들을 인용하고 개괄하며 찬성논증과 반대논증을 보여준다.

첫 번째 서류는 베르톨트 B의 청원서 초록이다. 언뜻 보기에 주님의 배신자 유다를 복자의 자리에 올리자는 다소 황당한 이 청원서는 의외로 정연한 논리를 보여준다. 유다를 하느님이 버린 자식으로 평가하는 역사의 판단은 잘못이며 게쎄마니 동산에서의 입맞춤이 예수와 유다가 형제처럼 서로에게 속해 있음을 증거하는 것이라고 베르톨트 B는

172

주장한다. 이에 따라 진행되는 재판의 변론들은 대단히 복잡한 양상을 보여준다. 독자들은 심리학적, 철학적, 신학적 뉘앙스가 혼란스럽게 섞여 있는 변론들을 읽으면서 매혹적인 사상의 유희를 느낄 수 있다. 우리의 삶은 신의 예정에 의한 것인가? 인간은 결정을 하는데 있어서 자유로운가? 예수는 사회혁명가였는가? 유다의 처형을 주장하는 요한을 믿어도 되는가?

성서 해석을 지지하거나 반박하는 입장에서 제기된 여러 가지 주장들 중에서 세 가지 명제가 중요하게 논의된다. 유다는 비열한 이익 추구를 위해서 배신자가 되었다고 보는 심리학적인 명제, 유다는 그리스도에게 실망하여 민중봉기를 모의하려 한 반란자라고 해석하는 정치적인 명제, 그리고 예수에게 세계의 주인임을 스스로 입증해 보라고 강요하려 했던 메시아니즘의 신봉자로 유다를 해석하는 종말론적인 명제가 차례로 논의된다. 그러나 이 명제들은 기지가 넘치는 가설일 뿐, 성서 텍스트의 해석을 뛰어넘는 억지와 학문을 뛰어넘는 환상으로 판단되어 폐기된다.

논쟁 속에서 결국 3가지 기본 모델이 구체화되어 드러난다. 이 모델로 모든 이론들이 체계화된다. 유다에서 출발했던 분석을 이제는 뒤집어서 예수로부터 분석을 시작한다. 첫 번째 모델은 유다의 희생물로서의 예수, 두 번째 모델은 예수의 희생물로서의 유다, 세 번째 모델은 하느님의 계획을 위한 공동의 희생 제물로서의 예수와 유다이다. 이 중에서 첫 번째와 두 번째 모델은 예수가 유다의 배신에 대해서 몰랐었다는 사실이 불합리하다고 생각되어 지지를 얻지 못하고 세 번째 모델이 예심 법정의 지지를 받는다. 이것은 또한 베르톨트 B의 청원서와도 뜻을 같이 하는 것이다. 법정은 유다를 시복시키기 위한 그 청원을, 유다에게 순교자의 칭호를 부여하자는 청원을 지지한다.

그러나 신앙검찰관은 전체 재판의 무효를 주장한다. 그는 성서텍스트와의 관계에서 볼 때 재판 기록에 자만심, 억지, 월권, 날조, 지나친 상상 등이 나타난다고 말한다. 그리고 "성서텍스트는 역사적 증언으로서가 아니라 성령의 저작으로 읽어야 한다"고 주장하며, 분명히 "유다는 배신자였다"고 성서에 기록되어 있다고 말한다.

이상과 같은 보고를 끝내고 에토레 P는 독자들을 다시 서술 현재로 옮긴다. 1962년 5월 18일 이후로 12년이 흘렀으며 재판은 진행되지 않았다. 종교계 내의 사상적 해빙기가 지나고 다시 보수적인 분위기로 바뀌면서 재판은 진행되지 않고 베르톨트 B는 핍박을 당한다. 그럼에도 불구하고 굴복하지 않고 경고를 귀담아 듣지 않고 계속 유다의 재판을 위해 노력하는 베르톨트 B는 결국 동료들에게서까지 따돌림을 받다가 병에 걸린다.

에토레 P가 베르톨트 B를 보았을 때 "그는 여전히 우리들 가운데 있으며 평화를 깨뜨리는 자 유다였다." 그리고 "종교 재판의 희생자였다." 종교 재판의 권력에 맞선 그의 싸움은 그를 바닥에 내동댕이쳤다. 유다의 재판은 베르톨트 B의 재판이 되었다가 이제 에토레 페드로넬리의 재판이 되었다. 나 에토레는 베르톨트 신부의 일은 넘겨받아 계속 수행한다. 에토레 P는 경멸과 비방에 몸을 맡기자 아웃사이더들의, 소수인들의 분노를 이해하게 된다. 유다는 박해받는 유대인들의 상징일 뿐만 아니라, 솔직함 때문에 또는 견해 차이 때문에 정통파로부터 비난받는 소수의 비정통파의 편에 서 있다. 그는 유대인과 이교도, 공산주의자, 흑인, 이단자들의 편에 선 암호가 된 것이다.

에토레 P는 "자기들만이 진리를 대표하고 자기들 그룹 내에서만 구원이 있다고 주장하는 각 그룹들이 통일성을 유지하고 내부의 분열을 처음부터 방지하기 위해서는 외부의 적뿐만 아니라 내부의 적도 필요하다"는 사회심리학적인 설명을 덧붙인다. 그리고 유다는 이러한 필요에 의해서 희생되었기 때문에 순교자의 영예를 얻을 자격이 있다고 에토레 P는 말한다.

이상과 같은 내용을 읽고 난 독자들 중에서 성급한 사람들은 작가의 생각을 알고 싶어한다. 그러나 옌스는 메모에서 저자가 "재판관의 역할뿐만 아니라 변호인 및 검사의 입장도 대변하고 있다"고 밝히고 있다. 결국 작가는 중립이며, 모든 것은 독자의 몫으로 남는다.

작가가 작품의 결론을 독자에게 유보하는 형식으로 끝맺는 것을 열린 결말(der offene Schluss)이라고 한다.

이러한 열린 결말은 카프카 이후의 현대작가들이, 특히 포스트모더니스트들이 즐겨 사용하는 수법이다. 그리고 이 작품의 끝에 붙어 있는 메모는 매우 묘한 역할을 담당한다. 그것은 움베르트 에코(1932~)가 『장미의 이름』(1980)에서 프롤로그의 형식을 빌어 작품의 이야기가 마치 사실에 의거하고 있는 것처럼 독자를 속이려고 했듯이, 그리고 이인화(1966~)가 『영원한 제국』(1993)에서 똑같은 트릭으로 마치 사실인 것처럼 정조 시대의 역사를 그렸듯이, 옌스도 이 작품에서 작가의 후기를 쓴 것처럼 위장하면서 유다의 재판이 실제로 있었던 것처럼 독자를 속이려 한다. 그러면서 메모는 자연스럽게 작가의 후기가 아니라 소설의 일부로 편입된다. 따라서 "재판 기록은 공개되어 있다"로 끝나는 메모의 끝은 이 소설의 결말이다. 다시 말하자면, 이 작품의 결말은 열려 있다. 재판의 기록이 공개되어 있으므로, 독자는 재판의 기록인 이 책을 처음부터 꼼꼼히 다시 살펴가며 유다에 대한 판결을 내려야 할 의무를 진다.

20세기를 살았던 지식인들은 20세기에 인류에게 가장 영향력이 있었던 책으로 성서와 자본론을 꼽는다. 특히 서양인들에게는 의문의 여지가 없는 말이라고 생각한다. 그리고 가장 해로웠던 책으로 또한 성서와 자본론을 꼽는다. 왜냐 하면 권력을 가진 자들이 피지배계층에게 자기들 식의 해석을 강요했으며, 정적들을 제거하는 데 또한 이 책들을 사용했기 때문이다. 그래서 포스트구조주의자들이나 포스트모더니스트들은 고정된 해석이나 의미를 거부하고, 생생하게 살아 숨쉬는 유동적인 의미들을 추구했던 것이다.

엔스는 유다의 배신행위가 유죄인지 무죄인지 판단하기 위해서 논의된 찬반 양론의 수많은 논리와 주장들을 재판 기록이라는 이름으로 독자들에게 제공한다. 독자들은 그동안 하나의 주제를 놓고 벌이는 이 정도의 논리의 유희를 경험하기가 쉽지 않았을 것이다. 따라서 이 책을 읽고 나면 논리적으로 한층 성숙해져 있음을 느낄 수 있을 것이다.

그리고 다시 한 번 더 얘기하는 것이지만 결론은 독자들의 몫이다. 독자들은 선입관을 갖지 말고 이 자료들을 읽으면서, 즉 이 책을 읽으면서, 유다에 대한 판단을 스스로 내려야 한다.

마지막으로 이 글의 문체에 대한 이야기를 하겠다. 엔스는 다양한 활자체의 활용, 풍부한 문장 부호의 사용, 명사의 나열, 종속문의 나열 등 실험적인 문체를 많이 사용하고 함축적인 표현을 즐겨 사용하는 작가이다. 이 책에서도 이러한 엔스 특유의 문체가 사용되었기 때문에 번역에 매우힘이 들었음을 고백한다. 가급적이면 작가의 의도를 살리기 위해 문장 부호 하나라도 훼손되지 않게 하려고 노력하였으나, 부득이한 경우에는 독자들의 이해를 돕기 위해서 풀어쓰거나 의역을 한 부분도 있음을 밝힌다. 또한 해석이 쉽지 않은 곳이나, 전문적인 용어, 인물들에는 주를 달아 놓았으며, 원래 소제목이 없는 책인데 장을 나누고 목차를

붙여두었다. 역시 모두가 독자들에게 조금이라도 도움이
되었으면 하는 마음에서 한 일이다.

　그리고 경상대학교 카이 슈뢰더 교수님의 도움과 도서
출판 아침 편집부의 꼼꼼한 교열이 있어 이 책이 모양을 갖
추고 세상에 나올 수 있게 되었다. 이 자리를 빌어 감사의
마음을 표한다.

◇ 옌스의 삶과 문학

　발터 옌스는 다양한 재능을 갖고 있는 사람이다. 그의
직업이나 활동에 대한 목록은 웬만한 사람들은 결코 비교
할 수 없을 정도로 대단히 길고 복잡하다. 그래서 그를 대
표할 수 있는 말을 찾기는 정말 어렵다. 그는 고전 어문학
및 수사학 교수이며 소설가이고, 라디오 및 TV 방송극 작
가이며 번역가이고, 여러 학술원 및 예술원 회원이며 문학
비평가이고 여러 문학상의 수상자이다. 뿐만 아니라 서독
펜클럽 회장을 두 번씩이나 역임했으며 다양한 모임에 연
사로서 강연을 하였고 현실적인 정치에도 관여를 하는 사
람이다. 그리고 옌스는, 자신처럼 학문에도 정통한 작가를
'포에타 독투스/학자적 작가'라고 불렀다. 그리고 현대문학
은 문학일 뿐만 아니라 동시에 학문이며 철학이라고 주장
하며, 따라서 작가는 작가와 사상가의 면모를 함께 갖는 포

에타 독투스여야 한다고 보았다.

문학과 학문과 현실을 넘나드는 옌스의 이러한 활동은 그의 문학작품에도 그대로 나타난다. 그의 작품의 특성은 여러 장르와 영역 사이의 혼합, 학문과 예술의 결합, 문학과 정치의 결합으로 나타난다. 그리고 이것은 또한 20세기 중반부터 장르의 경계를 허무는 운동으로 나타난 세계적인 예술 사조인 포스트모더니즘의 경향과도 무관하지 않을 것이다. 그의 작품 중에서 「신들이 죽는다」는 그리스 여행의 경험을 일기 형식으로 기술한 작품으로 소설인지, 일기인지, 여행 견문록인지 구별하기 어렵다. 그리고 「스승님. 소설에 대한 대화」는 그야말로 소설에 대한 대화가 그대로 소설이 되는 메타픽션적인 소설이다.

또한 「독일의 대학. 튀빙엔 학계 500년」은 튀빙엔 대학 500주년을 기념하는 축하 기념 간행물인데, 옌스는 이것이 소설이라고 주장한다. 그는 이 작품에서 역사적 사실들을 이야기체로 풀어가면서 배경으로 잠시 허구적 요소를 가미하고 있다.

옌스는 자신의 삶의 궤적에 대해 이야기하는 것을 좋아하지 않는다. 아마도 나치에 대한 좋지 않은 경험이 있었기 때문일 것이다. 옌스는 물론 나치에 적극적으로 협조하지는 않았지만 소극적인 협조에 대한 혐의는 있을 수도 있다. 2003년 12월 7일 독일 신문 〈쥐트 도이췌 차이퉁〉의 기자와 갖은 인터뷰에서 옌스는, 체제 찬양적인 내용으로 기술

된 인문학교 졸업논문을 부끄러워하면서, 나치 시대에 자신이 했던 일을 체제에 대한 순응이라는 말로 변명했다. 그리고 나치스 당의 입당에 대한 문제는 강력하게 부인했지만 다른 문제에 대한 자세한 이야기는 회피했다. 하지만 옌스가 나치를 미워하고 나치에 협조하지 않으려 했던 것 또한 사실이다. 그런데도 불구하고 어쩌면 있었을 수도 있는 나치 협조에 대한 문제가 그의 작품과 그의 업적을 평가하는데 부정적인 요소로 작용해서는 안 된다고 생각한다. 옌스는 다만 작가로서 자신의 양심상으로 과거를 반추하고 반성할 수 있을 것이다. 어쨌든 이런 저런 이유로 옌스의 과거를 세세히 살펴보는 것은 어렵다. 그래서 옌스에 대한 전기적 개요들은 작품 속에 들어있는 자전적 요소들이나 몇몇 인터뷰에 의존해서 추론해야 한다.

옌스는 1928년 3월 8일 함부르크에서 태어났다. 아버지는 은행장이었고 어머니는 여교사였다. 그는 사회민주주의적인 사고 방식을 갖고 있는 어머니의 영향으로 그는 어렸을 때부터 나치와는 어느 정도 거리를 두고 사고 할 수 있게 되었다. 그리고 오랫동안의 병 때문에 그는 나치군에 들어가지 않아도 되었다. 두 살 때 천식이 생겼고, 학창시절에는 여러 달 동안을 슈바르츠 발트의 요양소 쾨니히스펠트에서 보냈다. 이곳의 체험이 나중에 소설 「늙고 싶지 않은 남자」에서 다루어진다. 옌스는 매우 현대적인 시설을 갖추고 있는 함부르크의 치료소에서 읽기와 쓰기를 배웠다. 옌스가 병으로 누워있을 때 어머니는 그에게 문법을 가르쳤다. 옌스에게 문학세계를 열어준 것도 어머니였다. 14살 때 그는 어머니 덕분에 토마스 만의 「부덴브록스가의 사람들」을 읽을 수 있었다. 1933년부터 1941년까지 그가 다녔던 '요하네움 인문학교'는 종교개혁기에 세워진 오래된 명문학교로서 다른 학교들처럼 그렇게 나치에 열광하는 분위기는 아니었다. 체제에 비판적인 선생님도 있었고 이에 동조하는 학생들도 있었다. 그러나 어쨌든 옌스는 졸업을 하기 위해서 체제 협조적인 논문을 써야 했다.

옌스가 독문학을 전공으로 택하여 함부르크 대학에 진학했을 때, 그는 토마스 만도 카프카도 버지니아 울프도 제대로 배울 수 없었다. 학교에서는 '블루트-운트-보덴-디히터/민족-향토 문학' 등을 가르쳤다. 이것은 나치의 요구에 의해 생겨난 변종의 문학이었다. 정부의 시책을 따르지 않는 문학은 퇴폐문학으로 간주되었다. 옌스는 문헌학과 교수 브루노 스넬과 면담을 한 후 전공을 문헌학으로 바꾸었다. 문헌학이 독문학보다는 나치의 손길이 덜 미칠 것 같아서였다. 문헌학은 일종의 피난처였다. 1944년 옌스는 발터 레엠 교수에게서 토마스 만의 소설 「바이마르의 로테」를 빌려 읽었다. 옌스는 더욱 문헌학에 몰두하여 이 해에 「소포클레스의 비극 '장년의 시절'에 나타나는 대화」 연구로 프라이부르크 대학에서 박사학위를 취득했다. 구술시험은 지하 대피소에서 포탄 소리를 들어가며 치렀다.

1945년 옌스는 함부르크로 돌아와 조교 생활을 했다. 이때 그는 그 동안 전혀 몰랐던 작가들의 작품을 읽었다. 사르트르와 카프카의 작품들도 이때 읽었다. 1946년에는 튀빙엔 대학교에 조교자리를 얻는다. 그는 임시직을 생각하고 왔던 이 학교에서 평생을 근무하게 되었다. 1949년에는 「타키투스의 자유」 연구로 교수자격을 취득하는데 이 이후로 그는 점차로 유명해진다. 1950년 출판된 소설 「아니오. 피고인들의 세상」은 국제적인 성공을 거두었다. 그는 계속해서 소설을 발표하고 방송극과 평론을 썼으며, 여기 저기서 강연을 했다. 그는 '47 그룹' 내에서는 비평가로서 두각을 나타냈다.

1960년대에 접어들면서 튀빙엔 대학교에서는 전설 같은 일이 벌어졌다. 옌스가 매주 실시하는 문학강연회가 폭발적인 인기를 얻게 되었다. 그래서 언제나 목요일 오후 8시 15분이 되면 강연회가 열리는 대강당은 만원이고 계단에 유리창에 사람들이 다닥다닥 붙어 있었다. 튀빙엔 시민들, 이웃 도시 사람들, 고등 학생, 출판업자, 교사, 독자들이 구름같이 몰려들었다. 옌스가 45분간 열정적으로 진행하는 문학 강연은 튀빙엔 대학교의 명물이 되었다. 그리고 이 시기는 옌스의 문학적 삶의 정점이 되었다.

이러한 문학 강연은 그 동안의 문학에 대한 공부를 토대로 하는 것이다. 옌스는 1957년 평론집 「문학사를 대신하여」를 발표했다. 이 책은 폭넓은 독서와 전문적이고도 깊은 성찰을 필요로 하는 것이다. 그리고 1961년에는 「현재의 독일 문학. 주제, 문체, 경향」을 발표했다. 이 책에 대해서는 다소의 비판을 받는다. 옌스에 대한 비판은 그 이전에도 종종 있었다. 이를테면 서독의 보수진영에서는 옌스를 공산주의 문학을 지향하는 사람으로 비판했으며, 그리고 동독의 작가들은 사회주의적 사실주의를 공격하는 옌스를 군국주의를 지향하는 사람으로 비판했다. 그러나 「현재의 독일 문학. 주제, 문체, 경향」은 사상성보다는 완성도의 결여에 대한 문제로 비판을 받았다.

옌스는 '1945년 이후의 독일 문학'이라는 강연에서, 1945년부터 1960년 사이의 문학을 둘로 나누었다. 그는 전후의 삭막한 문학을 폐허 문학으로 보고, 50년대 들어서서 비로소 작가들이 문학다운 문학에 관심을 기울였다고 생각했다. 그는 이 시기의 문학의 특징을 비정치적인 문학, 예술적 요소가 더 강하게 드러나는 문학으로 보았다. 그리고 60년대에 접어들면서 정치 참여적 문학 단계가 나타났다고 보았다.

옌스의 문학은 1952년에 발표된 「잊혀진 얼굴들」을 전환점으로 두 번째 단계에 들어섰다고 볼 수 있다. 그리고 아직도 두 번째 단계가 계속되고 있는 것으로 볼 수 있다. 60년대에 옌스는 영향력이 크다는 장점 때문에 TV방송극에 몰두했다. 70년대 초에도 몇 개의 방송극을 발표했다. 그리고 번역에도 몰두했는데 '마태오의 복음서' 번역(1972

년)과 '아이스킬로스의 오레스테이아' 번역(1979년) 등이
그 예다. 그의 번역은 단순한 번역이 아니라 개작의 경계에
서 있으며, 그의 저작 활동의 주요 요소의 하나이다. 소설
같은 작품 「독일의 대학. 튀빙엔 학계 500년」은 문학과 학
문이 현실화된 작품으로 두 번째 단계의 정점에 있는 작품
이라 할 만하다.

◇ 연보

1923   3월 8일 함부르크에서 은행장인 아버지와 교사인 어
          머니 사이에서 태어남
1933-41   요하네움 인문학교에 다님
1941-45   함부르크와 프라이부르크에서 독문학과 고전 어문학
          을 수학함(지도교수: 브루노 스넬, 칼 뷔흐너, 마르틴
          하이데거, 발터 네스틀레, 발터 레엠)
1944   「소포클레스의 비극 '장년의 시절'에 나타나는 대화」
          연구로 박사학위 취득
1945-49   함부르크와 튀빙엔 대학에서 학술조교
1949   「타키투스의 자유」 연구로 교수자격 취득
1950   47그룹의 회원
1951   잉에 옌스 박사(혼전 이름 잉에 푸트파르켄)와 결혼
          소설 「아니오. 피고인들의 세상」(에밀 파브르가 희곡
          으로 각색함)로 'Amis de la Liberté/자유의 친구들'
          상 수상
1956   튀빙엔 대학교의 고전 문헌학 임시교수
          「아하스버」로 헤센 방송국 '슐로이슨 학생상' 수상

1958	3월 24일 한스 마이어 초대로 라이프치히 칼-맑스 대 학교에서 〈근대 문학 – 근대 경제〉에 대해 강연
1959	「일리아드와 오딧세이」로 '독일 청소년 서적상' 수상
1961	〈근대 문학의 긍정적인 면에 대한 변론〉이라는 제목으로 프랑크푸르트 도서 박람회 개막 연설을 함 서독 펜클럽 회원 베를린 예술원 회원
1962	고전 문헌학 및 일반 수사학 촉탁 교수 신설된 수사학 교수 독일 언어 및 문학 아카데미 정회원
1963	정교수 일반 수사학 학과장 신문 〈디 짜이트〉지에 '모모스'라는 필명으로 TV비평 시작
1964	스톡홀름 대학의 객원 교수로 베르톨트 브레흐트와 1945년 이후의 독일 문학에 대해 강의
1968	비평 작업에 대한 자유 한자 도시 함부르크의 '레씽 상' 수상
1969	스톡홀름 대학에서 명예박사 학위 취득
1971	브레멘 대학교 설립 위원
1976	서독 펜클럽 회장 당선
1979	서독 펜클럽 회장 재선

발터 옌스는 잉예 옌스 사이에 틸만(1954년생)과 크리스토프 (1965년생) 두 아들을 두었다.

〈작품〉

1. 소설

1947 「하얀 손수건」 함부르크, 한자 길드 출판사 (발터 프라이 부르거라는 가명으로 발표)

1950 「아니오. 피고인들의 세상」 함부르크/슈투트가르트/바덴
     바덴, 로볼트
1951 「장님」 함부르크, 로볼트
1952 「잊혀진 얼굴들」 함부르크, 로볼트
1955 「늙기 싫어하는 남자」 함부르크, 로볼트
1957 「오디디세우스의 기록」 풀링엔, 니스케
1959 「신들이 죽는다」 풀링엔, 니스케
1963 「스승님. 소설에 대한 대화」 뮌헨, 피퍼
1975 「유다의 재판」 슈투트가르트, 크로이츠 출판사
1977 「독일의 대학. 튀빙엔 학계 500년. 브리기테 베엘만의
     도움을 받아 잉에 옌스와 공동작업으로」 뮌헨, 킨들러

2. 라디오 방송극

1951 「남편이 부인을 떠나다」 남서독일방송
1952 「낯선이의 방문」 남서독일방송/바이에른방송/브레멘방송
1953 「특급호텔의 노부인」 바이에른방송/헤센방송
1956 「아하스버」 헤센방송
     「자일러 각하」 서베를린미국점령지방송
     「만찬의 대화」 바이에른방송
1957 「통신수」 북독일방송

3. TV방송극

1959 「잊혀진 얼굴들」
1966 「붉은 로자」
1969 「모반」
1975 「치명적인 일격」
     「탈옥」(바이로이트의 극장에서 연극으로 상연)
1979 「주여, 악마는 더 이상 존재하지 않습니다!」

◇ 주석

12 신앙검찰관 : 교회를 대표하는 검찰관으로서, 완전한 절차를 통하여 흠 없는 복자와 성인을 선별하기 위해 시복 시성을 청원하는 사람들의 반대편에 서서 증거, 증인, 기적 등을 엄격하게 심사한다. '악마의 변호인'이라는 별칭이 있다.

12 성목요일 : 부활절 전 3일간을 성3일이라 하며, 성목요일, 성금요일, 성토요일이라 부른다. 성토요일이 부활성야이다. 부활절은 매년 3월 22일부터 4월 25일 사이에 온다. 즉 춘분 후 만월(음력 15일)이 지난 첫 일요일이다.

14 예부성성(禮部聖省) : 시복 시성 및 전례와 성사에 대한 일을 담당했으며, 오늘날은 시성성(諡聖省)이라 부르고 있다.

14 사도재판 : 교황이 주재하는 재판

17 시카리 : 팔레스타인 지역에서 반달 모양의 단검을 가지고 다니며 로마에 협력하는 인물들을 암살하던 민족주의 계열의 테러리스트

20 아이히만 : 2차 세계대전 당시 유태인 학살의 책임자

23 즈가리야 : 페르시아의 다리우스 왕 시절에 활동했던 예언가

26 "나의 친구여" : 한국 가톨릭교회의 성서에는 "이 사람아"로 번역되어 있으며, 독일어판 성서에는 친구라는 단어를 사용하고 있음.

35 터툴리안 : 카르타고 출신의 초기 기독교 신학자

38 요한 23세(Joannes XXIII) : 261대 교황으로 재위 기간은 1958.10~1963.6. 그 이후의 교황은 다음과 같다.
262대 바오로 6세(Paulus VI, 63.6~78.8)
263대 요한 바오로 1세(Joannes Paulus I, 78.8~78.9)

264대 요한 바오로 2세(Joannes Paulus II, 78.10~05.4)

265대 베네딕토 16세(Benedictus XVI, 05.4~)

40 전권대리인 : 수도회에서 로마교황청에 파견한 자로서 교황과
교류할 수 있음.

47 혁명당원 : 예수 시대에 로마군에 대항하여 이스라엘에서 활
동했던 정치적·종교적 과격파. 열심당이라고도 불림.

49 베엘제불 : 성서에서 언급되는 악마의 괴수

51 아나니아 : 베드로가 이끌던 초기 기독교 시대에 기독교인들
은 모든 재산을 교회에 바치고 공동생활을 하였다. 이 시기에
아나니아도 자신의 땅을 판 돈을 빼돌렸다가 베드로의 질책을
받고 죽었다.

58 신학자들이 사용하는 역설 : 돈주머니를 관리하는 자가 푼돈
때문에 배신을 한다는 것을 의미함.

62 사르투르누스 : 로마의 농업의 신

62 에사오 : 요셉의 아들로 야곱에게 장자권을 팔았다.

66 시온의 딸 : 사이비 종파

68 시온의 적 : 이스라엘의 적

68 카이사르 : 로마 황제 Gaius Julius Caesar (100~44 BC)

74 코호르테 : 고대 로마 군대의 단위, 400명 정도의 인원으로 구
성됨.

91 가현설 : 예수는 실제로 성육신한 것이 아니라 육신의 형태를
빌린 것뿐이라는 초기 기독교 이단

95 성 아가보 : 예루살렘 출신의 기독교 예언자. 신약시대에 활동
했으며 안티오키아에서 순교함.

97 바르트 : 스위스의 신학자. 변증법적 신학이라고 불리는 계시
신학의 창시자

100 롱기누스(론지노) : Longinus

전설에 의하면 성 롱기누스는 빌라도의 지시를 받고 예수의 십
자가 곁에 서 있다가 창으로 옆구리를 찌른 백부장이었다. 예수
의 죽음과 함께 이적이 일어나는 것을 보고 몹시 두려워했으며
그 후 그가 병들어 누웠을 때, 창에 묻은 예수의 피를 자기 눈에
갖다 대자 병이 나았음을 알고 군인 생활을 포기한 뒤 사도들의
제자가 되었다. 그 후 수도생활을 하면서 지내다가 순교 당했
다. 축일은 3월 15일.

105 프로테우스 : 그리스 신화에서 변신과 예언에 능했던 인물

106 "너는 정말로 괴상한 모습으로 다가오고 있구나." : 셰익스피
어의 「햄릿」에 나오는 말

113 두 번의 밤 : 예수가 태어난 날 밤과 돌아간 날 밤

113 두 번의 넘겨줌 : 예수가 태어날 때 인간의 손에 넘겨졌으며
돌아갈 때 인간의 손으로 넘겨졌음

120 루시퍼 : 타락한 천사, 사탄

135 몰리니즘 : 신의 은총과 인간의 의지가 함께 작용한다는 신
학이론

135 보나베투라 : 13세기 이탈리아 신학자이자 철학자. 프란치
스코 수도회장 역임.

146 칼리스투스(갈리스토) 1세 : Callistus I

16대 교황(재위 217~222), 가톨릭 성인. 222년에 순교, 축
일은 10월 14일

146 알렉산데르 : Severus Alexander

로마황제(재위 222~235)

150 애덕의 방 : 교황청의 여러 방들에는 각각 이름이 있다.

156 오늘은 기쁨이 있고 내일은 무덤이 있다. : 카산드라는 아폴

론의 구애를 받고 뛰어난 예언 능력을 얻었으나 곧 아무도 그녀
의 말을 믿지 않으리라는 저주를 받는다.

160 또 다른 성체 : 기독교인들이 빵과 포도주를 예수의 성체와
성혈로 여겨 예배에 사용하는데, 여기서는 유다의 똥과 오줌을
그에 빗대어 표현한 것이다. 루터가 쓴 이 인용문에서는 유대인
을 저주받은 백성으로 말하는 등 독설적 표현이 많다.

164 체사레 보르지아(1475~1507) : 교황 알렉산데르 6세의
아들. 냉혹한 성격이었으며 중부 이탈리아에 강력한 교회국가
를 건설하고자 하였으나 몰락하여 나바라 왕국으로 망명했음.

167 부하린 : 러시아의 초기 공산주의자

유다의 재판

― 가리옷 유다의 시복(諡福) 재판에 관한 보고서 ―

초판 1쇄 발행 2004년 12월 30일
2판 1쇄 발행 2005년 6월 15일

지은이/ 발터 옌스
옮긴이/ 박상화
펴낸이/ 이선규

펴낸 곳/ 도서출판 아침
등록/ 서울 제21-27호(1988.5.31)
주소/ 서울시 마포구 합정동 383-23
전화/ 326-0683 팩스/ 326-3937
E-mail/ ahchim@hitel.net

ISBN 89-7174-026-4 03850